TRAMPA PELIGROSA

JULIA JAMES

Editado por Harlequin Ibérica.
Una división de HarperCollins Ibérica, S.A.
Núñez de Balboa, 56
28001 Madrid

I.S.B.N.: 978-84-687-8443-4
Depósito legal: M-17037-2016
Impresión en CPI (Barcelona)
Fecha impresion para Argentina: 6.2.17
Distribuidor exclusivo para España: LOGISTA
Distribuidores para México: CODIPLYRSA y Despacho Flores
Distribuidores para Argentina: Interior, DGP, S.A. Alvarado 2118.
Cap. Fed./Buenos Aires y Gran Buenos Aires, VACCARO HNOS.

Capítulo 1

XAVIER Lauran, presidente y accionista mayoritario de la empresa de artículos de lujo XeL, comprobó sus correos electrónicos. Leyó lo que le contaba Armand desde Londres.

…es la mujer de mis sueños, Xav… ella todavía no lo sabe, ¡pero me voy a casar con ella!

Xavier se puso tenso. Miró el paisaje parisino que disfrutaba desde la ventana. Sabía que debía salir de su despacho y marcharse a su casa para cambiarse y así poder llevar a Madeline a la ópera… y después al apartamento de ella para que terminaran la noche como solían hacer. El acuerdo que tenía con aquella mujer le venía bien. Madeline de Cerasse, al igual que todas las demás mujeres que elegía para divertirse, sabía lo que él quería de una relación y se lo otorgaba… una compañía sofisticada en los numerosos actos sociales a los que él tenía que asistir. Y, en privado, una misma sofisticación en los placeres que le proporcionaba. Placeres físicos. Xavier no buscaba ni deseaba intimidad emocional con nadie. Él no dejaba que su corazón mandara sobre su cabeza.

Al contrario que su hermano.

Armand siempre se dejaba llevar por su corazón… y la última vez que había ocurrido había sido
un desastre. Se había enamorado de una mujer que
se había aprovechado de él… hasta que Xavier, con
su habitual afán de protección sobre su hermano
menor, había hecho que la investigaran. Lo que había descubierto había sido que la mujer había estado mintiendo para ganarse la simpatía y el dinero
de Armand, que se había quedado muy desilusiona-
do.

Pero la fe del pequeño de los hermanos en la
bondad de la gente, en especial en la de las mujeres,
no mermaba y, en aquel momento, estaba hablando
de matrimonio.

*Esta vez estoy siendo cauteloso, Xav, como a ti
te gusta. Ella ni siquiera sabe que yo tengo algo
que ver contigo ni con XeL… no se lo he dicho a
propósito. ¡Quiero que sea una maravillosa sorpresa!*

Pero al leer el final del correo electrónico, se
desvanecieron las esperanzas iniciales de que Armand hubiese actuado correctamente.

*Sé que habrá problemas, pero no me importa si
a ti no te parece que ella es la novia ideal que yo
debería tener… la amo y eso es suficiente…*

Xavier se quedó mirando la pantalla con tristeza.
Aquello no era algo bueno… en absoluto. Armand
estaba admitiendo que habría problemas y que su
novia no era la ideal.

Pero aun así hablaba de matrimonio.

La preocupación se apoderó de él. Si aquella mujer resultaba ser tan desastrosa como la última, apartar a su hermano de ella iba a ser mucho más difícil si se casaban.

Y también mucho más caro… ya que Armand no era de los que consideraban realizar un contrato prematrimonial. Armand era su hermanastro y no había heredado la empresa fundada por el abuelo de Xavier, llamado también Xavier Lauran, empresa que tenía un gran éxito mundial en la venta de relojes y otros artículos de lujo. Armand trabajaba para la empresa con un cargo directivo y su padre, Lucian Becaud, con quien la madre de Xavier se había casado tras haber quedado viuda cuando Xavier había sido muy pequeño, tenía mucho poder y riqueza. Armand era un muy buen partido.

Xav… esta vez confía en mí. Sé lo que estoy haciendo y tú no puedes hacerme cambiar de idea. Por favor, no te metas… es demasiado importante para mí.

Al leer el final del correo electrónico, Xavier suspiró. Quería confiar en su hermano… pero se preguntó qué pasaría si estaba equivocado… qué pasaría si ella era una cazafortunas…

No, no podía correr el riesgo. No cuando estaba en juego la propia felicidad de su hermano. Tenía que descubrir quién era aquella mujer. A regañadientes, tomó el teléfono de su escritorio. Iba a realizar algunas averiguaciones discretas a través de su equipo de seguridad.

Mientras esperaba a que su jefe de seguridad respondiera el teléfono, pensó que quizá estaba reac-

cionando de forma exagerada, preocupándose inne-
cesariamente.

Eso deseaba… realmente lo deseaba.

Pero en veinticuatro horas supo que sus esperanzas habían sido en vano. Mientras miraba seriamen-
te el dosier que tenía delante de él, dosier que le
acababa de entregar su equipo de seguridad, supo
que, sin duda, había un problema.

Armand había tenido razón… la chica no era la
novia ideal, pero claro… ¿quién iba a pensar que
una muchacha que trabajaba como chica de alterne
en un casino del Soho lo sería?

Habían seguido a Armand el día anterior cuando
salió de las oficinas de XeL en Londres, desde donde había tomado un taxi que le había llevado a una
zona del sur de la ciudad donde nadie viviría si tuviera elección. Allí había sido recibido por una mujer joven en un piso situado en un edificio ruinoso,
donde había permanecido hasta medianoche. Cuando se despidió en la puerta, Armand le había susu-
rrado algo en el oído a la muchacha. Entonces el
equipo de seguridad había espiado a la mujer, que
en media hora había abandonado el piso, y se había
dirigido al Soho… al casino que se nombraba en el
dosier, donde les habían confirmado que trabajaba
allí.

Xavier no se podía creer que aquella fuese la
mujer con la que Armand pretendía casarse.

Respirando profundamente, abrió el sobre donde
aparecía escrito un nombre; Lissa Stephens.

Sacó una fotografía y se quedó mirándola. Era
una fotografía que había sido tomada en el casino y
la chica no podía haber tenido peor aspecto. Tenía
el pelo rubio y cardado, llevaba una gruesa capa de

maquillaje e iba vestida con un barato vestido muy corto. Era muy vulgar…

Se preguntó si Armand sabría que ella trabajaba en un casino del Soho.

Sintió asco ante todo aquello. Volvió a mirar por la ventana y pensó que tendría que ir a investigar por él mismo. Tenía que juzgar a la mujer que tenía en sus manos la felicidad de su hermano…

Capítulo 2

LISSA sofocó un bostezo y, poniendo toda su fuerza de voluntad, lo transformó en una sonrisa, susurrándoles un cumplido a los dos hombres que estaban sentados en la mesa con ella. El cansancio se había apoderado de su cuerpo como una ola debilitadora. Se preguntó cuándo volvería a dormir las suficientes horas. Sabía que debía estar agradecida por aquel trabajo... aunque lo que estaba haciendo era humillante, moralmente discutible y estaba acabando con su sensibilidad.

Pero necesitaba el dinero. Lo necesitaba muchísimo. Lo suficiente como para trabajar de secretaria durante el día y en el casino por la noche.

Necesitaba ganar cuanto más dinero pudiese en el menor tiempo posible. No había escapatoria... ¿o sí?

Armand.

Armand y su dinero podrían hacer que todo ocurriese tan, tan rápido. Durante unos tentadores momentos se permitió soñar despierta... todo sería muy fácil.

Pero no debía permitirse tener esperanza. Hacía varios días que no sabía nada de él y tenía que plantearse la posibilidad de que tal vez se hubiese imaginado su interés.

La decepción era dura, pero siempre había tenido que afrontar el hecho de que el interés de él hubiese sido solo por la novedad, algo temporal. No podía contar con ello. No podía contar con él.

Se forzó en centrarse en los dos empresarios que tenía delante. Pero ambos estaban charlando sobre negocios y ella se evadió de nuevo.

Pero entonces algo llamó su atención.

Alguien acababa de entrar al bar del casino. Alguien que sobresalía de entre todas las demás personas que allí había. Era un hombre extremadamente atractivo, con una bonita piel bronceada.

Tenía aspecto de ser… rico. Muy rico. Sintió cómo le daba un vuelco el estómago. Tenía el aspecto que, a veces, también tenía Armand. Tenía una innata elegancia que no se podía aparentar.

Aquel hombre tenía algo más en común con Armand… no era inglés. Era obvio debido a su sofisticada elegancia y masculinidad.

Pero Armand tenía una cara amigable, mientras que el hombre que acababa de entrar al bar era el tipo más irresistible que ella había visto nunca.

Tenía los rasgos perfectamente esculpidos y unos preciosos ojos oscuros.

Volvió a sentir cómo le daba un vuelco el estómago y pensó que nunca antes había visto a un hombre como aquel.

Enfadada consigo misma, apartó la mirada. Aquel hombre… simplemente era un jugador. Observó cómo el manager del casino se acercaba al recién llegado para saludarle, seguramente encantado de tener a un cliente tan rico. Entonces, le hizo señas a la mejor chica de alterne del local. Lissa no se sorprendió. Tanya era una voluptuosa rubia eslava que se acercó al recién llegado, dirigiéndole una sensual sonrisa. El hombre la miró, frunciendo levemente el ceño.

Pero entonces, alguien, tomándola por el brazo, captó su atención.

—Me apetece bailar —le dijo uno de los dos hombres que estaban en su mesa.

Lissa, ocultando su pesar, sonrió como si estuviese encantada y se levantó. Al principio la música era rápida y moderna, con lo que no tuvieron que bailar agarrados, pero en un par de minutos cambió y pusieron una balada. Su acompañante la abrazó entonces de la cintura. Trató de no estremecerse, aunque odiaba bailar agarrada con los jugadores.

En ese momento, repentinamente, alguien más se les unió.

Xavier permitió que la rubia siguiera agarrándolo de la manga, pero no le prestó ni la más mínima atención. Tenía toda su atención centrada en su objetivo.

Lissa Stephens.

No era diferente a la fotografía que había visto de ella y, por un momento, la cólera se apoderó de él al pensar cómo una mujer tan vulgar podía haber camelado a su hermano.

—Me encanta bailar —dijo la chica que tenía al lado.

Pero entonces él se acercó a Lissa.

—Es mi turno —dijo.

El hombre que estaba bailando con ella se volvió y lo miró con agresividad.

—¿Hacemos un cambio? —sugirió entonces Xavier.

El hombre miró a la bella mujer eslava que acompañaba a Xavier.

—Está bien —dijo el hombre, sonriendo abiertamente al acercarse a Tanya.

—¿Bailamos? —le dijo entonces Xavier a Lissa, tomándola del brazo sin esperar respuesta.

Ella se estremeció, sorprendiendo a Xavier, ya que no era una reacción típica que ella debiera tener. Instintivamente se echó para atrás.

—¿Qué ocurre? —preguntó él.

Vio algo reflejado en los ojos de ella, pero al instante se borró. Lissa sonrió abiertamente.

—Hola… soy Lissa —dijo, ignorando la pregunta de él.

Entonces sonrió más abiertamente. Xavier posó sus manos en la cintura de ella, sintiendo su cuerpo a través del barato vestido. Al analizar su cara vio que no había dureza reflejada en su expresión en aquel momento. En vez de ello, su rostro reflejaba oscuridad.

De cerca, la densa capa de maquillaje que llevaba era atroz, y sintió asco. ¡Ninguna mujer de las que conocía... y conocía a muchas... jamás se habría hecho lo que aquella chica se había hecho en la cara! El desprecio se reflejó en sus ojos.

Pero entonces lo disimuló, ya que mostrarlo no le ayudaría en sus planes.

—Así que, Lissa… ¿crees que me darás buena suerte en las mesas?

Sonrió de manera alentadora, sintiendo cómo ella se ponía tensa durante un segundo.

—Estoy segura de que tendrá suerte —dijo ella, sonriendo.

—Entonces de acuerdo —dijo Xavier—. Vamos.

La soltó y ambos se dirigieron hacia la zona de juego. Sus peores sospechas se estaban confirmando. Lissa Stephens tenía el aspecto de lo que había temido que fuera… una mujer con la que él nunca podría permitir que su hermano se casara.

Al llegar a una de las mesas de juego, Lissa se dejó caer en una silla, preguntándose qué demonios le pasaba. Tenía el corazón revolucionado y le faltaba el aliento. Desesperada, trató de aclararse las ideas… pero no lo consiguió. Lo único que podía hacer era quedarse allí sentada y seguir fingiendo.

Pero era duro… muy duro.

El hombre al que estaba acompañando la afectaba mucho… la dejaba sin aliento y no podía dejar de mirarlo.

Pero quedarse mirando era lo que no tenía que hacer. Aunque la necesidad de hacerlo era agobiante. Tenerlo al lado la agobiaba.

Agarró los reposabrazos de la silla con fuerza, sintiendo cómo una ola de excitación se apoderaba de su cuerpo. Aquello estaba mal. Estaba mal y era horrible. Quería salir corriendo y esconderse debido a la vergüenza que sentía.

Trató de recuperar la compostura, diciéndose a sí misma que, si aquel hombre estaba allí, significaba que, aunque fuese muy atractivo, no dejaba de ser un jugador.

Entonces se percató de algo; fuera cual fuera la razón por la que había cambiado a Tanya por ella, no era porque quisiera mirarla. No había indicado en ningún momento que la encontrara atractiva.

Esbozó una mueca. Ningún hombre con el aspecto de él podía sentirse atraído por ella. Pensó que si pudiera verla con el aspecto que podía llegar a tener las cosas serían distintas...

Apartó rápidamente aquel pensamiento. La chica que ella había sido un día, la chica que disfrutaba de la vida y que le había sacado partido a los atributos con los que había nacido, ya no existía. No existía desde que el chirrido de las ruedas y el nauseabundo sonido de metal chocando contra metal habían destruido todo lo que ella había dado por hecho hasta aquel momento. Su vida se había convertido en una dura e implacable pesadilla por lograr conseguir el objetivo para el cual había dedicado su vida desde entonces.

En relación con su aspecto... bueno, gracias a él había conseguido aquel trabajo, y debía estar agradecida. El maquillaje que tenía que emplear era como una máscara que ocultaba su verdadero aspecto.

Se percató de que el hombre que estaba a su lado estaba perdiendo al blackjack. Frunció el ceño, ya que el tipo no parecía un perdedor, sino todo lo contrario.

Pero su único trabajo era conseguir que él bebiera cuanto más champán mejor.

—Estoy segura de que, si bebe un poco de champán, cambiará su suerte —se atrevió a susurrar. Pero sintió asco ante todo aquello.

Aquel era un trabajo sórdido. Era chabacano, de mal gusto y vulgar... pero necesitaba el dinero. Sonrió e inclinó la cabeza de manera incitante. De reojo, vio a Jerry, uno de los camareros que iba y venía con copas de champán.

El hombre que estaba a su lado se enderezó y la miró. Durante un momento, ella sintió como si la estuvieran examinando con un láser, pero entonces, de repente, la expresión del hombre cambió y se encogió de hombros.

—¿Por qué no? —dijo, haciéndole señas al camarero y tomando dos copas. Le dio una a Lissa.

Con cuidado, ella la tomó, asegurándose de no tocar los dedos del hombre al hacerlo. Pero, aun así, sintió cómo se le agarrotaba el estómago.

—¿Crees que debo probar suerte en la ruleta?

El acento galo de aquel atractivo hombre provocó que un escalofrío le recorriera a ella la espina dorsal. Bebió champán, como si fuese a ayudarla a calmar los nervios, y sonrió forzadamente.

Se dijo a sí misma que no le mirara a los ojos. Que simplemente lo mirara, pero que no lo hiciera a los ojos, que fingiera que era uno más de los jugadores que pasaban por allí.

—¡Oh, qué buena idea! —exclamó con necedad—. Estoy segura de que ganará en la ruleta —dijo, levantando su copa—. Por la suerte —brindó alegremente, bebiendo más champán.

Mientras trabajaba bebía lo menos posible, pero en aquel momento necesitaba toda la ayuda necesaria para superar aquella dura prueba.

Al poner la copa en la mesa se percató de que él no había bebido nada. Dada la mala calidad del champán no le sorprendía... pero se preguntó para qué lo había pedido.

Cuidadosamente se levantó de la silla, tratando de no hacer un gesto de dolor al posar sus doloridos y cansados pies en el suelo.

La ruleta le hizo pasar una experiencia muy mala. Tuvo que sentarse de nuevo al lado de él, demasiado cerca, para observarlo jugar. En aquella mesa ganó de vez en cuando, pero jugaba sin prestar atención, como si no le importara para nada el ganar o perder.

Pudo observar cómo Tanya, que estaba delante de ellos, estaba tratando de excitarlo con la mirada... sin lograr nada.

Cuando hubo terminado la partida, el hombre se dirigió a ella.

—*Tant pis* —dijo, encogiéndose de hombros para quitarle importancia a las veces que había perdido.

Lissa se forzó en sonreír.

—Ha sido mala suerte —dijo.

—¿Eso crees? Yo creo que cada uno crea su propia suerte en la vida, ¿n'est ce pas?

Los ojos de Lissa se ´oscurecieron y se preguntó si eso era cierto, o si no era que el destino simplemente era arbitrario y cruel, trasformando la felicidad en tragedia en pocos instantes.

Un giro brusco de las ruedas de un coche, la velocidad, un segundo de distracción. Un instante, una tragedia devastadora... tragedia que destruye en un momento la felicidad de todos. Pero no solo destruye la felicidad... sino que también destruye muchas más cosas.

Su mirada se oscureció.

Xavier se percató del cambio de expresión en la cara de ella, pero todo lo que provocó en él fue dureza. Lissa Stephens, al igual que la chica rusa, o cualquiera de las demás mujeres que trabajaban allí, era una mujer que creaba su propia suerte... y era a costa de un hombre.

Pero lo que no iba a permitir era que fuese a expensas de su vulnerable hermano.

Se dijo a sí mismo que seguramente su hermano

no sabía lo que «la mujer de sus sueños» hacía para ganarse la vida.

Había mandado a Armand a visitar las oficinas de los minoristas de XeL en Dubai, con instrucciones de volar después directamente a Nueva York desde los Emiratos para hacer lo mismo en aquella ciudad. Había elaborado todo aquello para así poder tener la oportunidad de realizar una investigación objetiva y a conciencia de quién era en realidad Lissa Stephens.

Y, mientras que en aquel momento estaba convencido de que tenía todas las pruebas que necesitaba para condenar a la muchacha, iba a seguir adelante con su plan como había planeado. Miró su reloj.

–*Hélas*, tengo que marcharme. Tengo una reunión mañana temprano. *Bon soir, mademoiselle…* y gracias por tu compañía.

Esbozó una sonrisa educada y superficial, tras lo cual se marchó. Lissa observó cómo lo hacía, restregándose la frente. Estaba cansada y sentía como una especie de presión sobre su cabeza. Estaba agotada y deprimida.

El sentimiento de culpa se apoderó de ella. Se preguntó cómo se atrevía a quejarse de su situación cuando en realidad no tenía nada de lo que mereciera la pena lamentarse. Nada se podía comparar a…

Se forzó a dejar de pensar en aquello. El increíblemente perturbador hombre francés había logrado una cosa; había conseguido que el tiempo pasara muy deprisa y ya se podía marchar a casa.

Diez minutos después, vestida con su ropa normal, peinada sin cardados ni laca y con la cara lavada, salió a la calle en la noche londinense.

Capítulo 3

HACÍA frío y chispeaba, pero no le importó. Después de estar oliendo a tabaco, a alcohol y a perfume barato en el casino, el contaminado aire londinense olía a fresco y limpio. Respiró profundamente, levantando la cara. Iba vestida con unos pantalones vaqueros y un jersey, conjuntados con unas botas planas. Llevaba su largo pelo arreglado en una coleta.

Andaba rápido, no solo porque era lo aconsejable a aquella hora de la noche en aquella parte de Londres, sino porque no quería perder el autobús que la llevaría a casa.

Mientras se acercaba a la parada de autobús, comenzó a llover con fuerza. Esperó impaciente para poder cruzar a la acera de enfrente, ya que veía al autobús aproximarse, pero entonces vio un gran coche pasar muy cerca de ella, salpicándole agua y empapándole los pantalones. Gritó enfadada y se echó para atrás instintivamente, pero lo que más la enojó fue ver que el coche se detenía. Le impedía cruzar al otro lado y tuvo que bordearlo. El autobús estaba casi en la parada. No iba a llegar a tiempo para que parara para ella y, a no ser que otra persona fuera a bajarse en aquella parada, lo que nunca ocurría, el conductor seguiría adelante.

Y justo eso fue lo que ocurrió, justo cuando ella había llegado a la isla peatonal que había en medio de la carretera.

Se quedó allí, mirando al autobús, deprimida. Iba a tener que esperar más de veinte minutos con aquel frío. No llegaría a su casa por lo menos en una hora y estaba tan cansada...

—¿*Mademoiselle*?

Al darse la vuelta, vio que la puerta del coche que la había empapado estaba abierta y había alguien asomándose desde los asientos traseros.

Era el hombre francés del casino.

Le dio un traicionero vuelco el estómago y se puso tensa.

La puerta del coche se abrió aún más y vio cómo el hombre francés salía del automóvil. Entonces se acercó a ella. Llevaba un abrigo negro de cachemira que le hacía parecer incluso más atractivo y a ella le volvió a dar otro vuelco el estómago.

—Eres... Lissa... ¿verdad? Casi no te reconozco.

Xavier la miró con sus oscuros ojos, dándose cuenta de la imagen tan distinta que tenía la muchacha en aquel momento. No pudo ocultar su sorpresa ante lo que vio. Y algo más. Sus ojos reflejaron algo que no habían reflejado con anterioridad.

—Espero que me perdones... ¿estabas tratando de alcanzar el autobús que acaba de pasar?

—Sí —contestó Lissa lacónicamente. Todavía estaba enfadada y exasperada, pero otra emoción se estaba apoderando de ella... una emoción que no deseaba y que apartó con fuerza.

Tenía que ver con la expresión de los ojos de aquel hombre francés.

—*Je suis désolé*. Primero mi coche te empapa...

y ahora he hecho que pierdas el autobús. Por lo tanto, espero que me permitas llevarte a tu casa.

Lissa pensó que la voz de aquel hombre era demasiado tranquila como para que su arrepentimiento fuese verdadero.

–Gracias, pero no. Dentro de nada, llegará otro autobús. Discúlpeme –dijo, dándose la vuelta y dirigiéndose a la parada de autobús.

Llovía intensamente y la parada de autobús no tenía techo. Trató de no estremecerse y sintió lo empapados que tenía los pantalones. No miró al hombre francés.

En la isla peatonal, Xavier se quedó mirándola durante un momento. La reacción de la muchacha le había impresionado, pero en aquel momento la palabra «sorpresa» era demasiado suave para expresar lo que estaba experimentando. La palabra «impresión» era más adecuada.

Y comprensión. Una comprensión tardía, pero que fue como si le hubieran dado un puñetazo.

Por fin comprendió por qué Armand estaba cautivado por aquella mujer.

Sin el vestido de chica de alterne y sin el horrendo maquillaje que llevaba para trabajar, la muchacha era muy atractiva.

Contradictorias emociones se apoderaron de él, pero las apartó al momento, ya que no debía prestarles atención. Lo que tenía que hacer era concentrarse en el siguiente paso a dar para arreglar el problema de Armand. El incidente que acababa de ocurrir había sido perfectamente planeado al haberle informado uno de sus empleados de seguridad de cuándo había abandonado Lissa el casino.

Volvió a cruzar y se montó en el coche de nuevo.

—Acércate a la parada de autobús —le ordenó al conductor.

Al girar el coche y posicionarse frente a la parada de autobús, Xavier volvió a abrir la puerta. Con satisfacción vio que estaba lloviendo con fuerza; ella acabaría completamente empapada si no se montaba en el coche.

—Por favor, acepta mi oferta de llevarte a casa, *mademoiselle*… el tiempo no está como para hacer otra cosa —dijo como si ella estuviese siendo muy niña al negarse.

—Me temo que no me monto en coche con personas que son unas completas extrañas para mí —contestó Lissa.

Sin decir nada, Xavier tomó una tarjeta del bolsillo de su chaqueta. Estaba todo calculado. Armand le había dicho que no le había contado nada a la muchacha de su relación con XeL y, en ese momento, él iba a saber si era cierto o no… o si la ambiciosa *mademoiselle* Stephens había estado haciendo averiguaciones para ver lo rico que era el pez que había pescado.

Encubiertamente estudió la reacción de ella al, a regañadientes, tomar la tarjeta de él y mirarla.

Todo lo que su cara mostró fue indiferencia al fruncir levemente el ceño.

—XeL… ¿no es esa la marca de lujo de maletas? —preguntó ella al levantar la vista.

—Entre otras cosas —dijo Xavier, levemente molesto ante la descripción de ella—. *Mademoiselle*, no querría parecer impaciente, pero… ¿pretendes aceptar mi oferta o no?

Durante un momento ella estuvo pensándolo. Entonces, repentinamente habló.

–Oh, está bien, acepto –dijo, montándose en el coche y abrochándose el cinturón de seguridad–. Si no se desvía demasiado, ¿podría dejarme en la Plaza de Trafalgar? Desde allí salen más autobuses nocturnos.

Lissa estaba frustrada por haber perdido el autobús y enfadada consigo misma por haber caído en la tentación de la oferta de aquel hombre.

–¿No quieres que te llevemos directamente a tu casa? –preguntó Xavier, enarcando una ceja.

–Vivo al sur del río –contestó ella–. Está muy lejos.

–*C'est ne fair rien* –dijo él con indiferencia–. No hay problema.

Lissa lo miró con el escepticismo reflejado en la cara.

–En el casino usted dijo que tenía una reunión a primera hora de la mañana… no querrá recorrer medio Londres a estas horas de la madrugada.

–Dije eso porque me quería marchar… y porque no quería que nadie tratara de persuadirme de que cambiara de idea.

Mirándola, se percató de que aquella mujer tenía una estructura ósea impresionante. No quería pensar en ello, ya que debía concentrarse en lo que tenía entre manos.

Pero, ante su enfado, aunque estaba tratando de ignorar la reacción de su cuerpo, sintió cómo un seísmo se estaba apoderando de su cabeza y todo lo que quería hacer en aquel momento era estudiar con detenimiento la metamorfosis que había sufrido la mujer que tenía delante.

Se dio cuenta de que aquella transformación no importaba, que lo único que explicaba era cómo ella había engañado al pobre Armand. Seguro que él solo había visto la imagen que Lissa estaba mostrando en aquel momento.

Debía recordar la versión *putain* de aquella mujer, la que había mostrado en el casino, la que ponía en peligro a su hermano, la que la convertía en una mujer completamente inadecuada para casarse con él.

Pero, aunque se forzó en pensar aquello, la impresión que había causado en su sistema nervioso todavía le tenía alterado por mucho que trataba de calmarse.

—Si su chófer va por Piccadilly, puede acortar dirigiéndose a Trafalgar —dijo ella.

—No supone ningún problema llevarte a tu casa.

—Aun así, preferiría que me dejaran en la plaza de Trafalgar.

Entonces lo miró con desconfianza y la inquietud se apoderó de ella.

—*Comme tu veux*…

—Sí, eso quiero… gracias —dijo ella con voz cortada.

Durante un momento, sintió cómo él se quedaba mirándola con una expresión ilegible.

Estaba demasiado cerca. Demasiado cerca en aquel coche… demasiado…

Aquello era demasiado íntimo. Esa era la palabra. Sentía a aquel hombre mucho más cerca de ella de lo que lo había hecho en el casino, donde había menos intimidad.

Pero allí…

Automáticamente se echó para atrás, para la esquina del asiento. Pero no supuso ninguna diferencia. Él seguía estando demasiado cerca.

Y la estaba mirando.

Peor que mirando. La estaba viendo, estaba viéndola como realmente era ella. La persona real y no la imitación de una chica de alterne barata que representaba en el casino.

Si por lo menos tuviera puesto el maquillaje... Con él parecía una mujerzuela, pero le servía como máscara, una máscara de protección.

Pero en aquel momento estaba completamente expuesta. Se estremeció... de miedo, de inquietud... y por algo muy, muy diferente. Se quedó mirando a aquel atractivo hombre francés, sintiendo cómo los ojos se le ponían como platos y finalmente se le nublaban...

–*Tu parles français?* –preguntó él con una dura voz.

–*Oui, un peu. Pourquoi?* –contestó Lissa, impresionada por aquella pregunta.

–Porque el aprendizaje de otros idiomas no es corriente en mujeres como tú. A no ser que sean extranjeras, claro está –contestó él.

–Oh –dijo ella–. ¿Las chicas como yo? Ya veo. ¿Se refiere a mujeres demasiado brutas como para hacer otra cosa que no sea trabajar como chicas de alterne?

–¿Brutas? –preguntó Xavier, frunciendo levemente el ceño.

–*Bétes* –dijo Lissa, esbozando una forzada sonrisa. El resentimiento se apoderó de ella.

–En fin, si eres lo suficientemente inteligente como para hablar un idioma extranjero, ¿por qué trabajas en un lugar como ese?

–Yo también podría preguntar cómo un hombre como usted, con su evidente inteligencia, elige frecuentar la clase de lugar en el que trabajo —respondió ella, ofendida.

—¿Por qué trabajas allí?

—Porque es un trabajo —contestó cansinamente, apartando la vista. Era un gesto instintivo, ya que no quería ver la expresión de los ojos de él.

Sabía que reflejarían condena. Quería gritarle que no tenía otra opción, pero no tenía sentido hacerlo. Sintió cómo una familiar ola de cansancio y depresión se apoderaba de ella, tras lo cual se percató de que habían llegado a la plaza de Trafalgar, pero que se estaban dirigiendo hacia el palacio de Buckingham.

—¡Ha seguido demasiado lejos! —exclamó, mirando al hombre francés antes de tratar de dirigirse al conductor.

—Te dije que te llevaría a casa —dijo Xavier.

—No.

La voz de ella era firme, categórica.

Xavier la miró. Había algo más que negación en la voz de ella. Algo que era más parecido a…

Al miedo. Eso era lo que era.

Más que miedo… cansancio.

Era evidente. La chica parecía estar agotada.

—*Mademoiselle*, no nos causa ningún problema llevarte a tu casa. A esta hora no hay tráfico y no nos desviaremos mucho. Perdiste el autobús por mi culpa… permíteme que lo arregle.

Lissa se echó para atrás en el asiento, mirándolo. El tono de voz de él era diferente; no sabía por qué, pero era más amable. Por alguna extraña e inexplicable razón, sintió un nudo en la garganta. No quería que aquel hombre fuese amable con ella. Era simplemente un extraño. Un hombre que había ido al casino en el que ella trabajaba... no era más que un jugador. No quería que fuera amable con ella ni que le hiciera favores.

–No es necesario –comenzó a decir rígidamente–. No querría abusar de usted.

–No estarías abusando de mí –contestó él sin ningún tipo de amabilidad. Su voz solo reflejaba una indiferencia impersonal–. Ahora necesito realizar varias llamadas telefónicas a los Estados Unidos. Puedo hacerlas desde mi hotel o desde este coche.

Como para demostrar que lo que estaba diciendo era cierto, sacó su teléfono móvil del bolsillo de su abrigo.

–Dale tu dirección a mi chófer –ordenó, telefoneando a continuación.

Durante un momento, Lissa simplemente se quedó mirándolo con aire vacilante.

Xavier Lauran se llevó el teléfono a la oreja y comenzó a hablar. Hablaba francés demasiado rápido como para que ella ni siquiera intentara seguir la conversación. Él estaba claramente absorto en lo que estaba hablando...

–Si me da su dirección, *mademoiselle* –dijo entonces el chófer con acento francés.

Lissa se rindió. Se dijo que estaba lo suficientemente segura y que probablemente un hombre que claramente era un alto ejecutivo en una prestigiosa compañía internacional no querría arriesgarse a ningún tipo de escándalo.

Resignada, le dio al chófer su dirección. Mientras el coche se dirigía hacia la Plaza del Parlamento y hacia el río Támesis, se recostó en el asiento, que era de cuero y muy suave. Xavier no le estaba prestando la más mínima atención y, por la ventanilla, las parpadeantes luces de un casi desierto Londres le nublaron la vista. Cerró los ojos y el cansancio se apoderó de ella. Estaba tan cansada que podría dormir durante mil años y no despertar.

La calidez del coche la adormiló y su respiración comenzó a hacerse más débil.

Entonces se quedó profundamente dormida.

Xavier interrumpió el interrogatorio al que estaba sometiendo a su jefe de ventas de la costa oeste y miró a Lissa.

Tenía pensamientos contradictorios.

En reposo, el cansancio de ella parecía haberse evaporado, no dejando más que la pregunta de por qué Lissa Stephens estaba tan cansada cuando tenía todo el día para dormir.

Y también dejaba otra pregunta. Mucho más complicada.

¿Por qué sentía él pena ante el cansancio de ella… y por qué el agotamiento que reflejaba su cara enfatizaba la extraordinaria belleza de su estructura ósea?

—Creo que hemos llegado.

Aquellas palabras, murmuradas sin expresión alguna, despertaron a Lissa. Se sintió confusa. Pero entonces, agitándose levemente, se espabiló.

Con esfuerzo, se sentó muy erguida. El coche se había detenido junto a la acera, justo enfrente de un deteriorado bloque de apartamentos victoriano. A diferencia de otras muchas zonas del sur de Londres, aquella no se había aburguesado, pero lo bueno de ello era que ella podía pagar el alquiler del apartamento de una habitación en el que vivía.

–Gracias. Ha sido muy amable.

Todavía tenía la voz entrecortada debido a haber estado dormida, pero se forzó a mirar a Xavier. Al hacerlo, sintió que se quedaba sin aliento de la misma manera en la que le había ocurrido al verlo por primera vez. La debilidad se apoderó de ella, así como un sentimiento de incredulidad ante el hecho de estar en el mismo coche que él. Permitiéndose un exceso, durante un momento se quedó mirándolo. Xavier estaba mirando por la ventanilla y pudo ver cómo las sombras del coche no hacían más que acentuar los increíbles contornos de su cara.

Entonces se volvió hacia ella y la miró a los ojos.

Lissa sintió cómo le daba un vuelco el estómago. En su todavía atontado estado, no pudo apartar la vista. Sintió cómo sus miradas se cruzaban…

–*Mademoiselle*?

Al sentir el aire que entraba por un lateral y la educada voz del chófer, se percató de que este le había abierto la puerta. Estaban esperando para que ella saliera, tanto el chófer como Xavier.

Entonces dejó de mirarlo y salió del vehículo.

–Gracias por traerme. Ha sido muy amable –repitió.

Mientras sacaba las llaves, se permitió mirar por última vez al coche. Era brillante y tenía aspecto de ser muy caro. Como el hombre que había dentro.

No podía verlo… simplemente era una oscura sombra en el interior del vehículo. Algo le traspasó por dentro al darse cuenta de que aquella sería la última vez que lo vería. El chófer se estaba montando de nuevo en el coche y cerró la puerta. Entonces, tambaleándose, se dio la vuelta, abrió la puerta del portal y entró.

Tras ella, oyó cómo el coche arrancaba y se marchaba.

Xavier miró hacia delante y se percató de que la calle estaba muy deteriorada y de que tenía un aspecto destartalado. No era un buen lugar para vivir y no le extrañó que Lissa Stephens estuviera deseosa de encontrar una manera de salir de allí.

Esperó sentirse enfadado, pero solo sintió un desalentador desconcierto, el mismo que había sentido al verla en la parada de autobús y casi no reconocerla.

Se preguntó cómo podía ella tener un aspecto tan diferente al que había tenido en el casino. No debería tener ningún efecto en él. No debería suponer ninguna diferencia.

Pero así era.

Entonces pensó que si ella estaba tan guapa sin siquiera intentarlo… ¿cómo estaría cuando se arreglara y maquillara correctamente?

Mientras el coche se alejaba de los distritos pobres del sur de Londres, supo que solo podía estar seguro de una cosa: todavía no podía estar seguro de nada sobre Lissa Stephens.

Lissa se detuvo en la puerta de su piso, que estaba al nivel del suelo. Se sentía extraña. Todavía estaba un poco aturdida por la falta de sueño. Pero esa no era la razón.

La razón estaba marchándose por su calle.

Se preguntó por qué lo había hecho, por qué le

había ofrecido llevarla a su casa y desviarse tanto de su camino...

Estaba claro que no había tenido malas intenciones, ya que no había hecho ningún intento de acercarse a ella. Pero claro... su propia actitud no había sido muy incitante.

Aparte del momento en el que el hombre se había sorprendido al ver que una chica de alterne sabía otros idiomas, no la había tratado con desprecio. De hecho, si tuviera que describir su actitud con ella, habría tenido que decir que había sido muy educada.

Pero Xavier Lauran no era alguien con quien se fuera a encontrar una segunda vez.

Durante un segundo, mientras introducía la llave en la puerta de su casa, sintió una punzada de dolor. Él se había introducido en su vida... pero ya había salido. El hombre más atractivo que ella jamás había visto. Era un hombre que la dejaba sin aliento y que provocaba que se le acelerara el pulso...

Pero se había ido.

Sintió otra punzada de dolor y se le nublaron los ojos. Entonces, con la barbilla temblorosa, entró en su piso. Xavier Lauran había entrado y salido de su vida en unas horas... y eso era lo que había.

En realidad era mejor de aquella manera ya que en su vida no había cabida para él.

No había cabida para nadie aparte de...

–Lissy, estás en casa –dijo alguien dulcemente desde las sombras.

Con un vaso de coñac entre las manos, Xavier miró por la ventana de la habitación del hotel en el que se estaba hospedando. Miró la silenciosa calle que había debajo.

Debería irse a la cama. Debería dormir. Pero no se encontraba cansado. Estaba inquieto y no podía dejar de hacerse una pregunta.

¿Qué iba a hacer con respecto a Lissa Stephens?

Había pensado que iba a ser fácil. Había pensado que la prueba de que era una chica de alterne habría sido suficiente para saber que ella era la última persona con la que debería permitir que su hermano se casara. Se había ofrecido a llevarla a casa para que ella hiciera lo que cualquiera de sus compañeras de trabajo habría hecho.

Pero Lissa Stephens no había actuado de aquella manera.

Se preguntó por qué.

La cínica respuesta fue que una mujer con suficiente, aunque inesperada, inteligencia como para haber aprendido un idioma extranjero, era demasiado hábil como para poner en peligro lo que tenía con otro hombre rico, su hermano. Quizá esa era la razón por la cual no le había invitado a entrar.

Pero quizá fuera por otra razón muy distinta. La lógica le exigía que lo considerara. Quizá Lissa Stephens no fuese la clase de chica que la evidencia parecía indicar.

Tenía que descubrir la verdad.

Y supo que había una manera de averiguarlo.

Pasando más tiempo con ella.

Sentimientos contradictorios se apoderaron de él al pensar aquello... y ninguno fue bienvenido. Uno era una profunda renuencia y el otro era un sentimiento completamente inapropiado dadas las circunstancias. Pero no podía negarlo… ni podía hacer nada para remediarlo.

Tenía expectativas.

Se llevó el vaso a la boca y bebió un gran trago de coñac. Lo mejor era afrontarlo; quería ver a la chica de nuevo. Quería pasar más tiempo con ella.

Y no solo para comprobar la situación con respecto a su hermano…

Lissa estaba tumbada de espaldas, mirando al techo. De vez en cuando podía oír un tren pasando por las vías cercanas a la casa. A su lado, en la otra almohada que había en la cama de matrimonio donde dormía, podía oír el leve ronquido y la respiración inducida por los medicamentos de la persona que allí había.

No podía dormir. Aunque sabía que se tenía que levantar en pocas horas, tenía la mente demasiado despierta.

Estaba pensando. Recordando.

Y… peor todavía… imaginando.

Una cara. Un solo hombre.

Enfadada, trató de apartar la imagen de su mente.

Se preguntó qué sentido tenía pensar en él. La respuesta fue que ninguno, pero su mente no podía pensar en otra cosa.

Ni siquiera podía pensar en lo que siempre había pensado… por encima de todo lo demás. La persona en la que siempre tenía que pensar.

La culpabilidad se apoderó de ella y estiró una mano para reposarla en la dormida forma que había a su lado. Sintió cómo una ola de amor y de pena le recorría el cuerpo.

Si pudiera tener una varita mágica… Si pudiera arreglar las cosas… Si pudiera…

Pero no podía. Se le hizo un nudo en la garganta. No existían las varitas mágicas ni nada parecido. Solo había una leve esperanza. Y conseguirlo significaba que todas las horas durante las que estaba despierta las tenía que dedicar solamente a una cosa… ganar dinero.

A no ser que Armand…

Pero él no había telefoneado. Contra toda esperanza había esperado que lo hubiera hecho aquella noche, pero no había sido así. Lo que suponía que no había tenido noticias de él desde hacía tres noches.

Se había marchado… había desaparecido.

No debería haberse permitido tener esperanzas…

Capítulo 4

LISSA, el encargado quiere verte. En su despacho. ¡Pronto!

Lissa estaba en el camerino en el que las chicas se cambiaban de ropa. Acababa de llegar e iba a empezar a maquillarse.

—¿Para qué quiere verme? —preguntó, frunciendo el ceño.

La persona que la había avisado simplemente se encogió de hombros y a Lissa no le quedó más remedio que levantarse y dirigirse al despacho del encargado.

—¿Querías verme? —preguntó al llegar.

Estaba tensa , ya que normalmente no eran buenas noticias cuando el encargado quería ver a una de las chicas. Normalmente era para regañarla por no haber atraído suficiente clientela al local.

—Te han contratado privadamente —dijo el encargado—. Tienes que ir directamente con el cliente. Hay un coche esperándote afuera.

Lissa se quedó allí de pie muy erguida.

—Me temo que no atiendo a clientes en privado —dijo calmadamente—. Lo dejé claro cuando empecé a trabajar aquí.

El encargado frunció el ceño.

—Tienes suerte de que esté de buen humor. Y tienes suerte de haberlo hecho muy bien anoche. El tipo que te ha contratado es ese elegante franchute. Va a pagar el máximo precio por ti, así que asegúrate de que quede satisfecho, ¿está bien?

Lissa tragó saliva.

—Quizá Tanya… —se atrevió a decir.

—Te ha contratado a ti, ¿lo entiendes? Y vas a ir… ¿comprendes? O te marchas… para siempre.

Lissa comprendió. Asintió con la cabeza y salió del despacho. Se sintió enferma, más que enferma, ya que no se había esperado que aquel francés fuera a actuar de aquella manera.

Fue a buscar sus cosas y salió del casino. Al igual que la noche anterior, estaba comenzando a llover. Se estremeció, pero no por la humedad. Acababa de perder su trabajo. Lo sabía. Sabía que el encargado la echaría en cuanto supiera que no tenía intención alguna de aceptar estar con un cliente en privado.

El enfado y una profunda depresión se apoderaron de ella. Evitó la salida principal del casino y se dirigió apresuradamente a la calle donde estaban la mayoría de las paradas de autobuses. Por lo menos a aquella hora había mucho transporte público, incluido el metro. Pero entonces se preguntó qué explicación iba a dar por haber llegado tan pronto a casa. No quería decir que había perdido su trabajo porque le habían ofrecido uno que no había aceptado.

Pensaría en algo mientras volvía a casa.

El enfado la tenía muy alterada y en su cabeza no paraban de repetirse unas palabras…

Malnacido. Estúpido. Canalla.

Anduvo rápidamente por la acera y vio un coche detenerse cerca de ella.

Lo reconoció al instante e intentó cruzar para evitarlo.

—¿Qué estás haciendo? —preguntó Xavier, bajándose del coche.

Aquella pregunta exigía una respuesta, pero ella ni siquiera se dio la vuelta.

Entonces él se acercó a ella, agarrándola del brazo al ver que pretendía cruzar entre el tráfico.

—¡Van a atropellarte!

Lissa trató de soltarse, pero él era demasiado fuerte.

—Suéltame, malnacido —dijo, tratando de nuevo en vano de soltarse. La lluvia le dificultaba la visión—. ¡Te he dicho que me sueltes, asqueroso! ¡Cerdo! ¿Cómo te atreves a tratar de comprarme de esa manera? Dios, quizá trabaje en ese casino de mala muerte, pero mi único trabajo es tratar de que estúpidos como tú consuman muchas bebidas. No tenías derecho a pensar que hacía otra cosa. Así que agarra tu «servicio privado» y...

Él dijo algo en francés. Algo abrupto, básico. Muy básico.

La agarró con más fuerza.

—No sé lo que te han dicho, pero está claro que te han informado mal.

La voz de Xavier era fría. Formal. Lissa lo fulminó con la mirada.

—Oh, hazme un favor —espetó con desdén—. No nací ayer. Cuando me dicen que has pagado el precio máximo por mí, por una cita en privado, no necesito que me lo deletreen en letras de neón. Como tampoco necesito que el sinvergüenza me diga que o lo hago o me echa.

La fría expresión de los ojos de él cambió por

completo y Lissa sintió cómo se derretía por dentro.

La agarró con menos fuerza, pero no la soltó. En vez de hacerlo la volvió a subir a la acera.

—No... —espetó ella.

Pero él la ignoró y, una vez seguros en la acera, la miró.

—Te has tomado como un insulto lo que no lo era —le informó—. Por lo menos no por mi parte.

Xavier respiró profundamente y, al mirarla, algo cambió en la expresión de sus ojos. Le soltó el brazo y ella se quedó allí, bajo la lluvia, parpadeando.

—Quería verte de nuevo —dijo Xavier Lauran.

La expresión de la cara de Lissa no cambió, pero algo dentro de ella sí que lo hizo. Se quedó mirándolo.

—Quería verte de nuevo —repitió él.

—¿Por qué? —preguntó ella directa e implacablemente.

—¿Por qué? Porque... —Xavier hizo una pausa—. Porque cuando te llevé a tu casa ayer por la noche yo... —entonces se quedó callado—. Tú estabas diferente —dijo sin rodeos—. Eras una mujer muy diferente a la que había visto en el casino. Una mujer a la que quería ver de nuevo.

—¿Para qué? —exigió saber ella mordazmente—. ¿Para pasártelo bien en una «cita privada»?

—Para cenar —contestó él.

Lissa parpadeó.

—Quería invitarte a cenar —dijo Xavier—. Sabía que trabajabas y no sabía cuándo era tu noche libre. No voy a estar mucho tiempo en Londres, así que no quería perder la oportunidad. Telefoneé al casino y pregunté si era posible concertar, como tú lo calificas, «una cita privada». Lo que quise decir fue que le pagaría al casino por tu tiempo para que ellos no perdieran y así tú estarías libre para aceptar mi invitación para cenar.

—Cenar —dijo ella calmadamente.

—Simplemente para cenar.

Lissa lo miró a la cara.

—¿Por qué?

Algo cambió de nuevo en la expresión de los ojos de él, pero no supo qué era. Esbozó una tenue sonrisa levemente irónica. Levemente burlona. Levemente indulgente.

—¿No te miras jamás en el espejo, Lissa? No en el casino, sino en tu casa. Cuando no tienes todos esos potingues en tu cara. Si lo hicieras, tendrías tu respuesta. La razón por la que quiero volver a verte. La razón por la que te estoy invitando a cenar.

—A cenar —dijo ella.

—Soy francés y la comida es importante para mí. Me gustaría que esta noche la cenaras conmigo. Simplemente la cena —añadió—. ¿Te tranquiliza eso?

¿Tranquilizarla? La dejaba impresionada. No había otra palabra para describirlo. Como tampoco había palabras para describir el vuelco que le dio el estómago al quedarse allí mirando a Xavier Lauran, el cual, después de todo, no había pensado que era una...

—Así que... ¿aceptarás mi invitación? Ahora que ya sabes lo que es y lo que no es...

—¿Realmente quieres invitarme solo a cenar? —preguntó ella sin poder ocultar sus sospechas.

Él asintió con la cabeza enérgicamente.

—Y, aunque no deseo meterte prisa hostigarte, sería muy apropiado si me contestaras inmediatamente. Debido, como comprenderás... —sus ojos brillaron— al inclemente clima inglés que estamos experimentando.

Lissa se quedó mirándolo de nuevo. El negro pelo de él estaba completamente empapado, así como los hombros de su abrigo de cachemira. Vio que sus pestañas eran muy largas, demasiado largas para un hombre. Deberían darle un aspecto femenino, pero... le hacían parecer...

Sexy.

Esa horrible y barata palabra.

Pero era cierto.

Completamente cierto.

Sintió cómo se le derretía el estómago al ver cómo la lluvia caía sobre el hermoso pelo de él. No quería hacer otra cosa que mirarlo.

Él la estaba guiando hacia el coche mientras ella apenas se daba cuenta de ello. El chófer les abrió la puerta y Lissa se sentó en el confortable asiento de cuero.

Se preguntó qué estaba haciendo, pero no le prestó la menor atención a sus dudas. No podía hacerlo. Se quedó allí sentada, pudiendo solo sentir que se había librado de la lluvia. Todavía estaba empapada, pero por lo menos ya no le caía más lluvia en la cara. Un segundo después Xavier se sentó en su asiento, así como también el chófer.

—Abróchate el cinturón de seguridad —le recordó Xavier al arrancar el vehículo. Su voz sonaba muy francesa.

Muy sexy.

No, no debía pensar en esa palabra. No en aquel momento... en el que aquel hombre había regresado a su vida cuando ella había pensado que nunca lo haría, que nunca podría…

Mientras se abrochaba el cinturón de seguridad lo miró y vio que él estaba haciendo lo mismo. Quería observarlo. Quería observarlo haciendo cualquier cosa, todo… Porque…

Porque no podía quitarle los ojos de encima. Porque él provocaba que le diera vuelcos el estómago. Porque la dejaba sin aliento. Porque…

Entonces se dijo a sí misma que él era un jugador.

Aquello le abrió los ojos y se dio cuenta de que no podía hacerlo. No podía estar allí. Estaba mal… muy mal.

—¿Qué ocurre? —preguntó él, mirándola intensamente.

—¿Por qué viniste al casino ayer por la noche?

—¿Por qué me preguntas eso?

—No parece que sea la clase de lugar al que irías, ¿no es cierto?

—Estaba aburrido. Pasaba por allí, ya que había asistido a una obra de teatro en Shaftesbury Avenue, obra que no me gustó. Me salí antes de que terminara. Como no me apetecía regresar al hotel y vi el casino, entré por un impulso, por nada más, simplemente para pasar el tiempo —dijo bruscamente.

Pero entonces la expresión de sus ojos cambió, así como su tono de voz.

—Pero me alegro de haber entrado. Porque si no, no te habría conocido. Y, para serte sincero, te diré que hasta que no te vi en la parada de autobús ayer por la noche no me atraías nada. Pero entonces… —hizo una pausa— fue inesperado.

La analizó con la mirada, acabando con las defensas de ella.

—Me hizo querer volver a verte.

Aquellas simples palabras alteraron a Lissa. Él la seguía mirando con aquella mirada que la estaba desarmando.

—¿Tan malo sería cenar conmigo? —dijo él.

Ella sabía que no debía hacerlo. Debía hacer que él detuviera el coche para así poder bajarse e irse a su casa. De vuelta a su realidad. No debía dejarse llevar por aquel hombre que solo con su presencia le impedía pensar con claridad, lógicamente, racionalmente.

Entonces se dio cuenta de que, si no se bajaba del coche, significaría que podría mantener su trabajo en el casino. El encargado no sabría que solo había ido a cenar...

Pero se preguntó si Xavier realmente tenía solo cenar en mente, si era una estúpida por creerle.

—¿Una cena? ¿Eso es todo? —preguntó con una dura voz.

—*Exactement*. En el restaurante de mi hotel. Será muy *comme il faut, je vous assure*.

Al oír aquello ella supo que debía marcharse a su casa. No debía quedarse. Si no estaba trabajando, debía estar en casa.

No tenía sentido, ningún sentido, cenar con aquel hombre.

Aunque merecería la pena simplemente para recordarlo.

Respiró profundamente... y tomó una decisión. Lo miró directamente a los ojos.

—Gracias —dijo—. *Il me fair un grand plaisir de vous accepter, m'sieu* —dijo con cuidado—. ¿Lo he dicho correctamente?

—Perfectamente —contestó él, relajándose y echándose para atrás en su asiento—. ¿Dónde aprendiste francés?

—En el colegio —confesó ella, echándose a su vez para atrás en el asiento—. Me defiendo un poco en francés, pero en realidad no puedo mantener una conversación, ni leer libros en francés, ni ver la televisión ni nada de eso. Supongo que el inglés es de *rigueur* para realizar negocios fuera de Francia, ¿no es así?

Sabía que estaba parloteando, pero era importante para ella mantener una conversación inofensiva... una que no tuviera nada que ver con su lugar de trabajo ni con lo que había pensado habían sido los motivos de él para contratarla. Una conversación que podría mantener con cualquiera.

—Es cierto que el inglés es ahora la *lingua franca*, pero yo también hablo italiano, español, y un poco de alemán.

—Bueno, yo puedo decir *dov'e il cattedrale*, en italiano. En alemán *bitte* y *danke*. Y creo que eso es todo. ¡Oh! y puedo decir *epharisto* en griego —dijo ella, sintiendo cómo todavía tenía el pelo mojado.

Pensó que no podía cenar en el restaurante de un hotel con aquel aspecto, pero quizá en el servicio de señoras habría secadores de pelo y se podría peinar. También se podría maquillar, pero su mayor problema era la ropa, ya que iba vestida con unos pantalones vaqueros y un jersey. Estaba claro que a él no le importaba, ya que si no, no le habría pedido que cenara con él.

Se preguntó por qué lo habría hecho y recordó lo que le había preguntado él, que si nunca se miraba en el espejo.

Sintió cómo se estremecía, preguntándose si ella era realmente la clase de mujer en la que un hombre como él podía estar interesado. Sabía que podía arreglarse y estar bien, sabía que había sido bendecida con una cara y un cuerpo que otras muchas mujeres envidiarían. Pero un hombre como Xavier Lauran, rico, sofisticado y francés, se movería en círculos donde las mujeres serían bellas y elegantes...

–La boutique del hotel todavía está abierta... estoy seguro de que allí tendrán algo que te sirva –dijo él al llegar al hall del lujoso hotel.

Lissa se detuvo en seco y se quedó mirándolo.

–¿Perdona?

–No quiero ser crítico, pero estás empapada... como yo. Y creo que existe un código de etiqueta en el restaurante que no permite ir con pantalones vaqueros. Así que sería buena idea si te compraras algo en la boutique.

–Me temo que no me puedo permitir comprar nada en esa tienda –dijo ella, tragando saliva.

–Pero yo puedo...

Ella negó con la cabeza con un movimiento rápido y decisivo.

–*Monsieur Lauran*, no permito que los hombres me compren ropa.

–Considéralo un préstamo. Cuando termine la cena, te podrás poner de nuevo tus pantalones vaqueros.

–Siempre podríamos ir a cenar a algún sitio donde no se exija etiqueta –sugirió ella–. Por esta zona hay muchos restaurantes.

–Pero yo he reservado una mesa en este. El cocinero es muy bueno. Es francés. Tengo como norma solo comer en Londres donde los cocineros sean franceses. De esa manera puedo proteger mi aparato digestivo.

La voz de Xavier Lauran reflejaba humor.

–Puedo recordar a varios famosos cocineros británicos que te harían picadillo por el comentario que acabas de hacer –dijo Lissa.

–Entonces te das cuenta de por qué prefiero cenar seguro. ¿No vas a aceptar mi sugerencia de comprar algo en la boutique del hotel?

–Está bien... pero debes saber que no estoy a gusto con ello.

–*Bon* –dijo él con decisión–. *Alors...* –entonces guio a Lissa a la boutique–. ¿Por qué no eliges algo y te encuentras conmigo en, digamos... –miró su reloj– veinte minutos en el bar del restaurante? Yo también me tengo que secar.

Entonces miró a la dependienta de la tienda.

–¿No habrá ningún problema en que ella se cambie aquí?

–Desde luego que no, señor –contestó la dependienta, sonriendo amablemente–. Si la señorita quiere ver nuestra colección... –dijo, mirando las botas que llevaba Lissa– y quizá también nuestra sección de zapatería.

–Lo que sea necesario. Pase la cuenta a mi habitación –dijo él, dándole el número de esta. Miró a Lissa a continuación–. *A bientôt* –entonces se marchó.

Se dirigió a los ascensores para subir a su suite. Tenía que ducharse y cambiarse de ropa. También necesitaba tiempo.

Tiempo para pensar con claridad. Para pensar con claridad sobre Lissa Stephens... ya que Lissa

estaba cambiando de nuevo las ideas que él había
tenido sobre ella y necesitaba buscar sentido a las
cosas. Tenía que hacerlo. Urgentemente. Mientras
el agua de la ducha le caía por la espalda, supo que,
de nuevo, Lissa Stephens se había comportado contra toda expectativa. Ya le había impresionado mucho cuando la noche anterior había descubierto que
sin el maquillaje no parecía la mujer avariciosa que
había pensado que era. Pero, en aquel momento, tenía que asimilar otra cosa.

Ella había pensado que él la había contratado
como señorita de compañía y se había enfurecido.
¿Por qué? También se había opuesto a que él le
comprara un traje para la velada.

Frunció el ceño al cerrar el grifo, preguntándose
a qué juego estaba jugando Lissa Stephens.

Pero quizá no estaba jugando a nada. O quizá
hacía aquello con todos los hombres.

¿O solo con él?

Se secó con una toalla y se miró en el espejo,
preguntándose por qué una mujer que estuviera
teniendo un romance con Armand estaría allí
aquella noche, con otro hombre... a no ser que
Armand no significara nada para ella. Lo que estaba claro era que su hermano no significaba lo
suficiente para ella como para impedirle cenar
con otro hombre.

Pero entonces recordó que Lissa le había dicho
que si no aceptaba la «cita privada» que él había
contratado la echarían del casino. Se preguntó si esa
sería la razón por la cual había accedido a cenar con
él... para así poder mantener su trabajo.

Se apartó del espejo y se dirigió a la habitación
para vestirse.

No estaba de buen humor. Maldijo a su hermano y a Lissa Stephens, pero lo que más maldijo fue el hecho de que no podía dejar de pensar en el aspecto que tendría Lissa Stephens vestida con un vestido decente.

Una vez vestido, apagó la luz de la habitación y se dirigió a descubrirlo…

Capítulo 5

LISSA se sentó en el borde de la silla. Le faltaba el aliento y tenía el pulso acelerado. No miraba para atrás, ya que sabía que se encontraría con las miradas de otros hombres que ya la habían mirado al entrar al bar. También la habían mirado mujeres, evaluándola.

Sabía lo que estaban viendo... a otra mujer como ellas, con el aspecto que una mujer debía tener en un lugar tan elegante como aquel.

Se le acercó un camarero para preguntarle qué quería beber.

—Oh, agua mineral. Con gas, por favor. Gracias —dijo, esperando que Xavier Lauran no tardara mucho.

Cuando el camarero le llevó el agua, en un elegante vaso y acompañada por un pequeño cuenco con frutos secos, bebió un poco y miró a la entrada del bar. Ya habían pasado veinte minutos. Ella se había dado mucha prisa. Había aceptado el primer vestido y los zapatos que la dependienta de la tienda le había dicho que le quedarían bien. Entonces había ido al cuarto de baño de señoritas, donde se había secado el pelo con el secador que le había dejado la dependienta y se había maquillado.

Bebió más agua y se planteó si comer algunos

frutos secos, pero no quería mancharse los dedos de sal.

Estaba muy nerviosa y se dijo a sí misma que lo mejor era no pensar en lo que estaba haciendo, ya que era demasiado tarde para cambiar de idea. En realidad no podía cambiar de idea, pues estar allí aquella noche implicaba que mantendría su trabajo, trabajo que no quería pero que necesitaba mantener.

Y también quería recordar todo aquello. El recuerdo de una noche con el hombre más elegante que jamás había conocido. El recuerdo de un sueño que se había hecho realidad...

Xavier entró en el bar y ella lo vio inmediatamente. Sintió cómo le daba un vuelco el estómago al acercarse a ella...

Él sintió como un puñetazo en el estómago al verla, un puñetazo que le atravesó el cuerpo. Continuó acercándose sin poder mirar nada más que a la mujer que lo estaba taladrando por dentro.

Estaba... impresionante. Increíble. Sensacional.

Iba levemente maquillada, acentuando su belleza natural. Y el vestido... era magnífico. Era de seda, no tenía mangas y le quedaba a la perfección. Su color marrón combinaba con su palidez.

–*Incroyable* –dijo al llegar a ella.

La dura voz de él hizo estremecerse a Lissa, que ladeó la cabeza para mirarlo.

–*Incroyable* –murmuró él de nuevo, analizándola con la mirada–. Sabía que tendrías buen aspecto, pero esto... esto va más allá de todas mis expectativas.

Durante un momento se quedaron mirándose a los ojos y entonces él sonrió. Lissa se sintió aturdida de nuevo.

Xavier se sentó en la silla próxima a ella sin dejar de mirarla. El camarero se acercó a preguntarle qué quería y él tuvo que apartar la mirada de ella… momento en el cual Lissa sintió cómo el aire regresaba a sus pulmones. Pero entonces, al marcharse el camarero, el aire volvió a abandonarla. Xavier Lauran volvió a mirarla.

—Estás estupenda —le dijo con una cálida voz.

Ella se derritió ante aquello. No podía decir nada. Desde que había visto a aquel hombre la noche anterior cuando había entrado en el casino, había sabido que era completamente distinto a cualquier hombre que hubiera conocido antes. Pero hasta aquel momento no había sentido con tanta fuerza el poder que tenía sobre ella. Él estaba respondiendo ante ella y, esa respuesta, estaba haciendo que el atractivo de él fuera completamente letal.

Se preguntó qué le estaba pasando.

Pero aquella era una pregunta estúpida, ya que lo sabía perfectamente. Se sentía atraída por aquel hombre de una manera que no controlaba…

—Su champán, señor —dijo el camarero, sirviendo una copa y acercándosela a Xavier para que lo probara.

Este bebió un trago considerable y asintió con la cabeza. Entonces el camarero sirvió la otra copa, llenando la de él de nuevo a continuación. Cuando el muchacho se hubo marchado, Xavier tomó la copa de Lissa y se la ofreció.

—*Salut* —dijo, brindando con ella.

Lissa bebió un trago a la vez que él, dejando entonces la copa sobre la mesa.

—Es un poco mejor que el de anoche, *¿non?* —dijo Xavier.

–No es ni siquiera champán, ¿verdad? Me refiero a lo que sirven en el casino.

–*Méthode champenoise* –concedió él con desdén–. Una atrocidad. Pero esto es champán. No es uno de los mejores, pero es bueno. Y la cosecha tuvo mucho éxito.

–Está muy rico –dijo ella, bebiendo un poco. Entonces hizo una mueca–. Lo siento… no es muy inteligente decir eso, pero no sé nada sobre champán. Me temo… que solo sé que lo que sirven en el casino es nefasto, pero este es completamente diferente –frunció levemente el ceño–. ¿Qué lo hace tan bueno?

–Muchas cosas. Las uvas, la tierra, el tiempo… y, sobre todo, el olfato de los *chef du cave*, cuya responsabilidad es asegurar la calidad del *assemblage*, la combinación de las uvas que le dan a cada champán su carácter distintivo –explicó él, echándose para atrás en su silla.

Estaba sujetando la copa de champán con la mano y Lissa se percató de que tenía los dedos largos. Durante un momento se imaginó que las yemas de aquellos dedos le tocaban la cara… Apartó la mirada, forzándose a concentrarse en lo que estaba diciendo él. Xavier estaba explicando los factores para crear un excelente champán. Escuchó atentamente.

–¿Qué son *crus*? –preguntó–. Nunca lo he entendido.

Xavier se lo explicó.

Era agradable hablar sobre algo como el champán, ya que podía hablar sin pensar… y eso era bueno en aquel momento. No quería pensar. Simplemente quería observar. Quería observar cómo

Lissa Stephens sujetaba su copa de champán con una gracia y elegancia naturales, cómo se la llevaba a los labios de vez en cuando. Quería observar cómo ella lo miraba. Quería...

–Su mesa ya está preparada, señor. ¿Les gustaría sentarse? –preguntó el maître.

Xavier asintió con la cabeza, levantándose.

–¿Vamos? –invitó a Lissa.

Ella se levantó. No se sentía muy segura de pie, pero no era por el champán que había estado bebiendo, sino que tenía que ver con el hombre con el que iba a cenar.

Extremadamente consciente de que él la estaba mirando, se dirigió hacia el comedor. Los zapatos le quedaban un poco estrechos, pero no le importaba. Lo único que le importaba era que sabía que el vestido le sentaba muy bien.

Al sentarse, se dijo a sí misma que tenía que tener cuidado de no beber demasiado champán. Pero la prudencia, la cautela, el ser sensata... eran cualidades que parecían no tener nada que ver con lo que le estaba ocurriendo en aquel momento.

Lo que le estaba ocurriendo era mágico. Puro y simple.

Era mágico estar allí sentada a la misma mesa que aquel hombre... el hombre que podía hacer que ella se estremeciera solo con mirarla. Era mágico ser consciente del efecto que estaba teniendo sobre ella. Era mágico escuchar su delicada voz, con su delicioso acento, hablando de... bueno, realmente no lo sabía. Lo que sí que sabía era que aquella conversación tenía en realidad un único tema.

Tácito, pero allí estaba... en cada mirada, en cada movimiento...

La deliciosa cena pareció extenderse infinitamente, pero se terminó en un abrir y cerrar de ojos. Entonces, ella se vio tomando un sorbito de café. Había bebido demasiado, pero no le importaba, ya que había aumentado exquisitamente el efecto embriagador que se había apoderado de ella, efecto que no tenía nada que ver con el alcohol o la cafeína.

Tenía que ver con el hombre sentado frente a ella.

A su alrededor, el resto de los comensales ya se estaban marchando y el comedor estaba casi vacío, lo que les creó una sensación de privacidad.

Más que privacidad.

Intimidad.

A Lissa la hizo sentir como si estuviera en un capullo que la protegía.

Miró a Xavier.

Xavier… dejó que las sílabas de su nombre fluyeran en silencio por su mente, acariciándola. Al igual que permitía que la cálida mirada de él hiciera lo mismo con su cuerpo. Dejó que sus miradas se encontraran, se permitió mirar en aquellos preciosos ojos oscuros que, despacio, muy despacio, la estaban derritiendo con su mirada.

Sabía lo que le ocurría. Lo había sabido desde el principio.

Pero, en aquel momento, sintió su poder. Un poder que nunca había conocido.

Hasta aquel momento.

Entonces vio cómo él acercaba su mano a la suya.

La tocó. La tocó con aquellos largos y sensibles dedos que había observado durante toda la velada y que, en aquel momento, estaban acariciando los suyos de manera devastadora.

En cada milímetro de piel que él le tocó, ella sintió miles de emociones.

Xavier la miró a los ojos.

Durante un interminable momento no dijo nada. Todo el mundo se reducía a aquel momento, a aquella sensación.

Entonces, en voz baja, él dijo lo que ella había estado deseando y soñando que él dijera...

–Te deseo muchísimo. ¿Te quedarás a pasar la noche conmigo?

Lo había dicho. Bajo su calmado tono de voz, las agitadas emociones que estaba sintiendo le tenían muy alterado.

Durante toda la velada había estado sintiéndolas crecer. Habían crecido de manera fuerte y silenciosa, hasta tal punto que le estaban agobiando. Sabía lo que le ocurría ya que le había ocurrido en otras ocasiones, pero nunca con aquella intensidad.

Trató de luchar contra ello, pero fue completamente inútil. Era como nadar contra una potente corriente.

Las cosas no deberían haber llegado a aquel punto. Debería haberlo detenido a tiempo, pero no había sido capaz y, en aquel momento, ya era imparable.

La estaba mirando a los ojos mientras le sujetaba la mano... y no importaba nada más.

Excepto una cosa.

La respuesta a su pregunta.

Vio cómo le brillaban los ojos a ella y cómo abría los labios.

Y entonces, como una larga exhalación, la oyó decir.

—No puedo…

Él se quedó quieto, muy quieto. Sin dejar de mirarla, él también habló.

—¿Por qué no? —exigió saber, apretándole la mano con más fuerza.

—No puedo —repitió ella en voz baja—. Tengo… —tragó saliva— compromisos.

—¿Hay otra persona? —preguntó él con dureza.

—Sí, alguien muy importante para mí —se sinceró ella.

Xavier le soltó la mano como si, repentinamente, fuese una serpiente venenosa.

—Pero, aun así, elegiste cenar conmigo esta noche, ¿cierto? —dijo con dureza.

Lissa se mordió el labio inferior y él, al verlo, sintió como si una ráfaga de fuego le recorriera el cuerpo. Aquellos blancos dientes hundiéndose en la delicada carne…

—Tenía… tenía que hacerlo —se forzó a decir—. Te lo dije…

Él frunció el ceño.

—Ah, sí, tus encantadores jefes… que te amenazaron con… ¿cuál es esa burda expresión inglesa? Ah, sí… que te amenazaron con echarte si no aceptabas mi invitación a cenar.

Lissa había retirado su mano de la mesa.

—Sí —dijo en voz baja y sin mirarlo a los ojos.

Xavier se levantó de manera abrupta y repentina.

—Entonces me arrepiento, *mademoiselle*, de haber malinterpretado la situación. Si me lo permites, me disculpo por haberlo hecho. Y ahora, pongo mi coche a tu disposición. Siéntete libre de pedirle a mi chófer que te lleve a tu trabajo, a tu casa o a reunirte con tu «persona tan importante».

Asintió con la cabeza secamente y se marchó.

Estaba enfurecido. Una furia ciega y explosiva se había apoderado de él.

Era irracional, demente…

Lo sabía… pero no le importaba. Se dirigió a tomar el ascensor.

La maldijo, la maldijo mil veces por lo que había hecho. Había dejado que él se encaprichara de ella más y más, lo había mirado con deseo durante toda la noche, mandando un mensaje bastante claro… Había estado allí sentada, tan guapa, que él había hecho uso de toda su fuerza de voluntad para no acercarse a ella.

Y, cuando lo había hecho… lo había rechazado.

Había dicho que no.

No.

Una sola palabra.

Le había negado lo que él quería.

A ella.

Porque eso era lo que él quería… la quería a ella. La quería en aquel preciso instante… aquella misma noche. Quería que ella estuviese a su lado, dándole la mano, esperando al ascensor, ascensor en el cual la abrazaría y la besaría, saboreando la dulzura que los labios de ella ofrecerían.

La acercaría a él, sentiría la presión de aquellos pechos que había estado mirando toda la noche y se deleitaría en ello. Le acariciaría la espalda, el cuello… mientras su boca jugaba sensualmente con la de ella.

Sintió cómo su cuerpo se ponía en tensión.

En ese momento las puertas del ascensor se abrieron y entró en él.

Pero se detuvo. Frunció el ceño, impresionado por el recuerdo.

Ella no había utilizado la palabra «no», sino que había utilizado una muy diferente.

Puso la mano para impedir que las puertas del ascensor se cerraran y estas se abrieron. Entonces salió de nuevo al hall del hotel.

Lissa Stephens no le había dicho que no. Había dicho que no podía.

Respiró profundamente. Recordó que ella le había dicho que no podía ya que existía alguien muy importante para ella.

Recuperó la lógica, la razón, el sentido común.

Lissa Stephens le había rechazado. Y lo había hecho porque tenía compromisos muy importantes para ella. Y ese compromiso era Armand. El hecho de que le hubiese rechazado a él aquella noche significaba solo una cosa… la fidelidad de Lissa Stephens hacia su hermano.

Pero entonces se preguntó si lo amaba o si era tan importante para ella porque era un hombre rico, un hombre que le podía ofrecer una salida.

No lo sabía. No podía saberlo.

En realidad todo lo que sabía era que ella era un misterio… una contradicción, una mujer poseedora de una extraña belleza así como de una clara inteligencia.

Tenía que aceptar que ya no podía hacer nada más. Había hecho todo lo que podía para descubrir la verdad sobre la mujer que su hermano tenía intención de hacer su esposa.

Pero al final había descubierto solo una innegable verdad.

La única y sobrecogedora verdad era que deseaba a Lissa Stephens. La quería.

Para él mismo.

Deseaba a la mujer que su hermano quería hacer su esposa.

Era un deseo prohibido.

Una maldición del infierno.

Capítulo 6

LISSA se quedó sentada a la mesa, muy erguida. Toda la magia de la velada había desaparecido.

No había pensado que fuera a ser de aquella manera, tan brutal.

Pero, esbozando una mueca, se dio cuenta de que en realidad no había pensado en absoluto. No había pensado en cómo podría haber acabado la velada porque... no había querido que acabase.

Aquella cena había sido un momento mágico, una excepción a la rutina de su vida, un regalo que tras de sí solo dejaría recuerdos.

Sintió un nudo en la garganta. Había sabido que la velada terminaría, pero no de aquella manera. Él se había comportado de una manera grosera al soltarle la mano como si fuera carne podrida.

Parpadeó al sentir lágrimas amenazando sus ojos. Estaba furiosa consigo misma.

Él la había invitado a cenar, pero obviamente había tenido mucho más en mente que eso... y no le había gustado que lo rechazaran; había herido su ego.

Pero durante toda la velada él había sido maravilloso, atento, amable, gracioso... había sido el perfecto acompañante. Razón por la cual no comprendía la brusquedad con la que se había marchado.

Se levantó de la silla y suspiró levemente. Salió del restaurante a continuación con la cabeza muy alta.

Necesitaba cambiarse de ropa. Había dejado su ropa en una bolsa en el servicio de señoritas; sabía que todavía estaría húmeda, pero no importaba. Lo que importaba era salir de allí. Si la boutique estaba cerrada, le dejaría el vestido y los zapatos metidos en una bolsa al conserje para que se los diera a Xavier Lauran. Lo que él hiciera con ello no le importaba…

–Lissa…

Al oír su nombre se detuvo en seco y se giró para mirar. Xavier se estaba acercando a ella apresuradamente. Ella comenzó a andar de nuevo… tenía que llegar al lavabo. Allí estaría segura. Segura de Xavier Lauran.

Logró llegar sin que él la alcanzara, pero al entrar comenzó a temblar. Se metió en uno de los aseos y cerró la puerta. Se dijo a sí misma que era una hipócrita. En realidad, habría dicho que sí a la oferta de él de que pasaran la noche juntos.

Si hubiera podido, habría dicho que sí.

Cerró los ojos, hundiendo la cabeza entre sus manos. Lo habría hecho. Habría dejado que él la tomara de la mano, que la tomara en brazos, que poseyera su cuerpo…

Durante el tiempo que él quisiera. Durante una hora, durante una noche… durante el tiempo que él la deseara.

Aquel era el poder que él ejercía sobre ella, un poder imparable, inevitable. El poder de una emoción que ella no había sentido antes, pero que en aquel momento sentía más intensamente, más sobrecogedoramente de lo que sabía que jamás sentiría por un hombre.

Era el poder del deseo.

Se le ensombrecieron los ojos y levantó la cabeza de sus manos.

Era un deseo que nunca podría satisfacer.

Era imposible. En su situación, no podía decir lo que había querido decir... que sí.

Pero, en realidad, era mejor que las cosas hubiesen transcurrido como habían hecho ya que, de aquella manera, al haberse negado, había descubierto un aspecto de Xavier Lauran que él había estado escondiendo toda la noche, desde que había negado sus intenciones al haber comprado su tiempo al casino.

Lo único que había querido él había sido llevarla a la cama y, cuando no había podido, se había vuelto desagradable.

Se dijo que tenía que cambiarse de ropa y salir de aquel lugar, tenía que regresar a su casa, a su vida. Tomó su ropa y notó que los pantalones vaqueros todavía estaban húmedos, pero su chaqueta la mantendría caliente. Además, el metro todavía funcionaba a aquella hora de la noche, por lo que lo tomaría y viajaría en un ambiente más cálido que el autobús. Iba a regresar directamente a su casa.

Cuando finalmente salió del cuarto de baño se dirigió a la recepción del hotel, mirando con cautela a su alrededor. Pero no había rastro de él. Pensó que se había marchado.

–Son para Xavier Lauran –le dijo al conserje–. No sé en qué habitación está hospedado.

—Desde luego, señorita —dijo el hombre, tomando las bolsas.

Ella le dio las gracias asintiendo con la cabeza y se dirigió a la salida, donde había taxis y coches esperando. Se preguntó si el chófer de Xavier Lauran estaría todavía esperando por ella. Pero no le importaba ya que, de todas maneras, no se iba a montar. Había una boca de metro muy cerca y ya no llovía. Eso sí, hacía frío. Lo único que quería era marcharse a su casa.

Entonces, al mirar a su alrededor, vio a Xavier Lauran... esperándola.

Se acercó a ella, y trató de esquivarlo. Pero él le bloqueó el paso, agarrándola de los codos.

—Lissa... por favor. Permíteme que me disculpe.

Ella se quedó mirándolo.

—Me he comportado como un bruto. Como un zopenco. Y lo siento... de verdad.

Lissa no sabía cómo lo hizo, pero la guio hacia un extremo de la entrada del hotel, donde no había gente ni coches.

La miró a los ojos y ella pudo ver reflejada en los de él una expresión que no había visto antes, una expresión que le hacía parecer diferente. Le dio un vuelco el corazón.

—Lo siento de verdad —se disculpó él de nuevo—. Si hay alguien en tu vida, lo comprendo. Y te respeto por haber sido sincera conmigo... y siento, sinceramente, haberte puesto en esta situación desde el principio. Siento haberte hecho sentir que o aceptabas mi invitación o ponías en riesgo tu trabajo... aunque es un trabajo que desearía que no hicieras.

Entonces respiró profundamente.

—Te dije que solo te iba a invitar a cenar y te doy

mi palabra de que era lo que pretendía. Nada más. Pero… –volvió a respirar profundamente–. Cuando te vi, vestida como tu belleza se merece, me quedé impresionado. No tengo otra excusa. Y pensé… pensé que tú estabas respondiendo de la misma manera. Fue por eso por lo que te hice la invitación. No pretendía insultarte.

Sin que ella se diera cuenta comenzó a acercarla a él.

–Eres tan bella… –dijo–. Incluso ahora, sabiendo como sé que no estás libre, deseo… solo esta vez. Por favor, permíteme… es todo lo que puedo tener de ti.

Entonces bajó la cabeza hacia la de ella.

La besó. Un beso que supo a gloria. Suave, exquisito, insistente… Lissa se dejó llevar, se entregó a la magia de los labios de él, elevándose a un paraíso que no había sabido que existía.

Pero en ese momento, él se apartó de ella, soltándola.

–Adiós –dijo suavemente, marchándose.

Capítulo 7

TENGO una cita para usted con una compañía de seguros.

La voz de la empleada de la agencia de trabajo temporal era seria y Lissa se tuvo que forzar en concentrarse. Era muy duro. Estaba cansada... aunque eso no era nada nuevo. Sus largas jornadas nocturnas en el casino siempre le dejaban exhausta, aunque tenía que estar agradecida de haber mantenido su trabajo. Había estado a punto de perderlo.

Pero lo que era nuevo para ella era aquella sensación que tenía de que todo era gris.

Solo había una cosa que tenía color, que tenía una luz radiante. Y era la memoria de aquella velada... aquella preciada e inolvidable velada que brillaba como una joya en su memoria.

Aunque, al mismo tiempo, era una joya afilada y cortante cada vez que la recordaba...

Pero había tomado la decisión correcta... la única decisión posible. No había otra cosa que hubiese podido hacer.

Al recordar aquello, una pequeña y traicionera voz sonó en su conciencia.

Podías haber tenido una noche... una hora... por lo menos podrías haber tenido eso...

Pero, en realidad, sabía que no podía haberlo hecho. Sabía que, si hubiese sucumbido a aquella exquisita tentación, el dolor que estaría sintiendo en aquel momento sería mucho mayor.

Ella tenía compromisos en otra parte… mucho más que eso… tenía amor. Amor, responsabilidad y cuidados. Y no podía abandonarlos. No por una noche, por una hora, por un minuto…

Pero, por mucho que se recordara a sí misma que era imposible dar rienda suelta a su deseo por aquel hombre que, salido de ninguna parte, había cambiado su vida, era duro. Sabía que debía olvidarse de él, pero no podía apartar de su alma el sentimiento de nostalgia que la invadía. Debía guardar aquel recuerdo en la caja de las cosas que «habrían podido ser».

En su vida había muchas de esas cosas, y todas habían terminado en aquel espantoso y maldito horror de cuerpos rotos y metal doblado…

Excepto su cuerpo.

La culpa, la culpa del superviviente, se apoderó de ella. Al levantarse de la silla en la agencia, con sus fuertes y sanas piernas, con su fuerte y sano cuerpo, sintió cómo la culpa la invadía por dentro. Culpa y determinación.

Se dijo a sí misma que tenía que seguir adelante, trabajando duro noche y día, ahorrando dinero.

Aunque se preguntó si alguna vez tendría suficiente.

Si Armand…

Pero habían pasado muchos días sin tener noticias de él.

Había perdido la esperanza, de la misma manera que su vida había perdido todo color y era gris.

Deseaba a Xavier Lauran.
Deseaba a alguien que jamás podría tener.

Xavier estaba sentado en la silla de su escritorio, mirando el correo electrónico que todavía no había abierto. Era de Armand. No quería abrirlo ni leerlo. No quería pensar en su hermano y, sobre todo, no quería pensar en la mujer con la cual este se iba a casar.

Era esencial que no pensara en Lissa Stephens.

Esbozó una cínica sonrisa. Él solo había tenido buenas intenciones al haber querido investigar a la mujer con la que Armand quería casarse. En lo único en lo que había pensado había sido en salvar a su hermano de un desastre. Pero sus buenas intenciones se habían vuelto en su contra.

Deseaba a Lissa más que nada, la deseaba sin importarle que trabajara en un casino, sin importarle que todavía no sabía si ella era adecuada para casarse con su hermano, sin importarle si ella iba a casarse con este.

Nada de aquello le impedía desearla. Pero le atormentaba la dura y brutal realidad de que ella estaba prohibida para él. Nunca antes le había ocurrido que una mujer a la que deseara estuviese prohibida para él. Jamás había puesto sus ojos en una mujer casada y ninguna de las solteras que había deseado le había rechazado. Siempre había sido capaz de tener a la mujer que había querido. Nunca había sido un problema y nunca le había preocupado. Se había acostumbrado a elegir mujeres bellas y sofisticadas, mujeres que querían lo mismo que él; una pareja sexual y social que llenara el hueco que había en sus vidas a ese respecto. Y, cuando los romances perdían su encanto, lo que siempre acababa ocurriendo, ellas habían estado de acuerdo con él en que era el momento de dejar la relación, sin rencores ni arrepentimientos.

Pero le acababan de dar por destino un cáliz envenenado.

Deseaba a la novia de su hermano…

Entonces abrió el correo electrónico de Armand. Lo leyó rápidamente. Era sobre su próxima agenda de negocios en los Estados Unidos. No hablaba sobre sus planes de matrimonio.

Se preguntó cómo podía ser que su hermano no dijera nada sobre un tema del que había hablado con tanto entusiasmo hacía poco tiempo. Se preguntó si sospecharía que el haberle mandado a Oriente Próximo y a América había sido una estratagema.

Pero se dijo a sí mismo que no importaba. Desde aquel momento en adelante se iba a mantener al margen de los planes de boda de su hermano y Lissa Stephens. Era lo único seguro que podía hacer… lo único racional.

Lissa Stephens nunca podría ser suya.

Por mucho que la deseara…

Había sido un día largo y duro y Lissa tuvo que hacer un esfuerzo para salir de la estación de metro, que estaba abarrotada. Llevaba consigo bolsas de la compra que había hecho en un supermercado del centro, ya que no había ninguno cerca de su casa.

Mientras andaba por su barrio, pensó que su apartamento tenía sus ventajas. No solo era de protección oficial, lo que suponía que el alquiler era barato para ser en Londres, sino que también estaba a nivel del suelo y muy cerca del hospital St Nathaniel, lo que hacía que sus obligatorias visitas semanales al centro fuesen más fáciles.

Continuó andando hacia su casa. Había sido en una de sus visitas a St Nat donde había conocido a Armand. Él había estado visitando a un compañero que había sufrido un infarto. Al verla esperando al ascensor, le había sonreído de una manera muy cálida, muy apreciativa.

Y así había sido como había comenzado.

Si solo…

No. Automáticamente apartó de su cabeza aquella inútil esperanza. No tenía sentido aferrarse a ella. Era estúpido seguir soñando con un final feliz, donde la varita mágica de Armand lo arreglaría todo. En realidad… solo podía contar con ella misma.

Al llegar a su casa sacó las llaves. Baja de ánimos, se recordó a sí misma que tenía que concentrarse en la tarea que tenía por delante. No podía hacer otra cosa. Toda su entereza, su atención, su tiempo y su fuerza de voluntad tenían que centrarse en aquel propósito.

Trabajo, ganar dinero, ahorrar. No debía rendirse, no debía aplazar las cosas.

Al abrir la puerta del piso se quedó helada. Se oían voces… y no eran de la televisión. Una le era familiar, pero no su tono. Estaba alegre, feliz, sin rastro de dolor ni de la dificultad para hablar inducida por los medicamentos. La otra voz también le era familiar, pero oírla le hizo entrar rápidamente en el salón, incrédula. Allí se detuvo en seco. Una figura se levantó del sofá. A ella se le iluminó la cara.

—¡Armand! —gritó, arrojándose a los brazos de él.

—Xavier, ¿has escuchado algo de lo que te acabo de decir?

La voz que le dijo aquello era suave, con un leve toque de burla, pero Xavier se tuvo que forzar en atender. Se había tenido que concentrar para prestar atención a todo lo que Madeline de Cerasse le había dicho durante la velada. La había invitado a cenar en un gesto intencionado por su parte. Un gesto completamente racional. Sabía que tenía que recuperar su vida normal, así como también sabía que necesitaba practicar sexo lo antes posible. Con otra mujer. Y, como Madeline se consideraba amante suya, tenía que ser ella.

Solo había un problema; no tenía ganas de llevar a Madeline a la cama.

La miró durante un momento, reconociendo lo bella y elegante que era.

Pero, aun así, no la deseaba.

Solo deseaba una mujer.

Y no podía tenerla.

Repentinamente, consciente de que estaba rompiendo sus propias reglas sobre sus parejas, dejó el tenedor sobre la mesa. Siempre había sido considerado y había tenido mucho tacto al romper con sus parejas, Había dejado a la otra persona el suficiente tiempo para acostumbrarse no solo a la ruptura de la relación, sino también a que encontrara otra pareja. Así las rupturas eran más fáciles.

Pero en aquella ocasión las cosas iban a ser diferentes.

–Tengo algo que decirte –anunció bruscamente.

Cinco minutos después, estaba sentado a la misma mesa… a solas. Madeline se había marchado. No le sorprendía. Ella había reaccionado asumiendo el papel de mujer ofendida y él se lo había permitido, aceptando parecer como el «bruto», ya que a ella le consolaba.

Bueno, quizá sí que era un bruto. El enfado se había apoderado de él. Enfado consigo mismo. No debía haber interferido en la vida de su hermano. Debía haber dejado como estaban sus planes de matrimonio. Debía…

Se levantó repentinamente. Lo que debía haber hecho o no era irrelevante. Ya era demasiado tarde.

Era demasiado tarde para arrepentirse. Era demasiado tarde para todo.

Lissa Stephens no era para él y nunca lo sería. No había nada, absolutamente nada, que él pudiera hacer sobre ello.

Lissa se preguntó una y otra vez cómo el mundo podía cambiar tanto tan rápidamente. Estaba aturdida debido a la felicidad que sentía. Armand había regresado de Dubai y había hecho lo que Lissa había estado rezando que hiciera… y lo que tanto había temido que no hiciera. Había agitado su maravillosa varita mágica y lo había cambiado todo. Había realizado los acuerdos necesarios… era lo que había estado haciendo al no haberse puesto en contacto con ella, para que fuera una maravillosa sorpresa.

Y, en aquel momento, apenas veinticuatro horas

después, estaba hecho. América era el siguiente paso.

No le importaba tener que quedarse atrás... comprendió la razón y se alegró. Mientras regresaba del aeropuerto, incluso la húmeda y ruinosa calle en la que vivía le pareció iluminada por el sol. Todo estaba radiante.

Debido a lo contenta que estaba, tardó veinticuatro horas más en darse cuenta de lo que implicaba lo que estaba ocurriendo. Cuando lo hizo, se quedó sin aliento debido a la impresión que le causó. Tenía tres semanas para ella misma... el tiempo que duraría el viaje a América.

Tres semanas enteras.

Recordó un nombre.

Xavier.

Se preguntó si se atrevía, si realmente se atrevía.

Abrió los labios al exhalar despacio.

Se preguntó por qué no iba a atreverse. Tenía tres valiosas semanas para ella misma e, incluso un día, una sola noche, sería más preciada de lo que nunca se hubiera imaginado.

Se le ensombreció la cara al plantearse que quizá él ya no la deseara.

Probablemente ella solo había sido un encaprichamiento pasajero... un impulso del momento. ¿Por qué iba a haber sido otra cosa?

Seguramente Xavier Lauran, tras aceptar que ella no iba a pasar la noche con él, habría regresado a París y no habría vuelto a pensar en ella. Un hombre como él, con su aspecto, tendría toda una cola de elegantes y bellas mujeres parisinas esperando para poder tentarlo.

Aunque había algo que la atormentaba. Se preguntaba qué ocurriría si él todavía la deseaba. Y, si lo hacía… en aquel momento ella tenía una oportunidad de oro…

Le dio un vuelco el estómago. No era solo si él la deseaba todavía, sino que debía plantearse si debía seguir adelante y hacerlo. Tener una aventura, un escarceo, con Xavier Lauran. Pero, aunque las dudas se estaban apoderando de su mente, una profunda voz parecía protestar desde lo más profundo de su alma. ¡Jamás volvería a existir en su vida un hombre como Xavier Lauran! Un hombre que podía hacer que se quedara sin aliento, que hacía que se le debilitaran las rodillas y se le acelerara el pulso. No, nunca más habría un hombre como él. Así como tampoco se le presentaría otra oportunidad como aquella. Nunca más tendría la posibilidad de realizar algo que recordaría por el resto de su vida. Era en aquel momento o nunca.

Y no podía soportar que fuera nunca. Se podía decir a sí misma lo que quisiera sobre que todo lo que podía tener era un breve romance, un escarceo amoroso. Quizá solo una sola noche… si llegaba a eso. Pero dejarlo pasar por no ser lo suficientemente valiente como para atreverse… no podía hacer eso. No lo haría.

Durante otra noche más sin dormir, no dejó de pensar en ello, deseándolo con todas sus fuerzas, pero sin querer atreverse a lanzarse. A la mañana siguiente, mientras trabajaba en la compañía de seguros, estuvo recordando el número de teléfono de la sucursal londinense de XeL que había mirado.

Cuando llegó el descanso para comer estaba muy nerviosa. Tomó su teléfono móvil y se dirigió al cuarto de baño de señoritas, forzándose a marcar el número.

Casi colgó al darse cuenta de lo que estaba haciendo, telefoneándole para decirle... que estaba disponible...

Pero alguien respondió.

—XeL Internacional, ¿puedo ayudarle?

Durante un momento, Lissa se quedó sin habla, pero entonces se forzó a hablar.

—Em... estoy tratando de ponerme en contacto con Xavier Lauran —dijo con el corazón latiéndole aceleradamente.

—Le paso la llamada.

Hubo una pausa y entonces se oyó un tono de espera. Contestó una mujer que hablaba francés. Lissa no entendió nada de lo que esta dijo, así que simplemente repitió lo que le había dicho a la telefonista británica, hablando en inglés. Hubo una pausa... bastante prolongada. Entonces la mujer volvió a hablar, en inglés.

—¿Cómo se llama, por favor?

—Em... Lissa Stephens —contestó, muy nerviosa.

Hubo otra pausa. Entonces la mujer volvió a hablar, suave y fluidamente.

—El *monsieur* Lauran está en una reunión. Lo siento mucho.

—Hum... ¿podría dejar un mensaje para él? —preguntó Lissa.

—Desde luego —dijo la mujer francesa de manera dulce y educada.

Pero Lissa se dio cuenta de que lo que quería era que dejara la línea telefónica libre cuanto antes. Se preguntó si Xavier estaría realmente en una reunión o si simplemente no se ponía al teléfono con mujeres que le llamaban de repente. Pero no iba a colgar sin hacer lo que la había tenido tan nerviosa toda la noche y la mañana.

—Gracias —dijo con la voz ahogada—. Le podría decir, por favor, que Lissa ha dicho que... —respiró profundamente— las cosas han cambiado... completamente... Algo muy inesperado... mis antiguos compromisos se han, hum, terminado... Ya no estoy... Así que, si él quiere... —balbuceó incoherentemente.

Entonces colgó, incapaz de terminar la llamada de una manera racional. Cerró los ojos, mortificada. Había parecido una imbécil. Había querido parecer fría, incluso sofisticada, la clase de mujer que podía telefonear a un hombre como Xavier Lauran y sugerirle tener una aventura amorosa.

Se ruborizó. Abrió los ojos y vio que no había nadie que presenciara la vergüenza que sentía, pero eso no ponía las cosas más fáciles.

Comenzó a decirse a sí misma que quizá la secretaría de París no le pasara el mensaje... que quizá iba a pensar que era tan tonto que era mejor tirarlo a la basura... o quizá ni siquiera lo había anotado...

Eso deseó, ya que era muy humillante pensar que le pasaran a Xavier sus incoherentes tartamudeos.

Bueno, así sería mejor. Había sido una estúpida por pensar que podía dar marcha atrás. Había tenido su oportunidad con Xavier Lauran, aquella solitaria y mágica velada, y la había rechazado... lo había rechazado a él. Los hombres como él no daban segundas oportunidades.

Una vez más, el mundo parecía gris.

Tras la marcha de Armand, el piso parecía más lúgubre que nunca. Y muy silencioso. Aunque Lissa solo podía alegrarse por el motivo de aquello, el silencio la desanimó más. Pero, por lo menos, las noches le pertenecían a ella. Aquella pesadilla de trabajo en el casino había sido lo primero que había dejado tras la milagrosa reaparición de Armand.

Era en eso en lo que se tenía que centrar. Todo era maravilloso... gracias a Armand.

No debía haber intentado ponerse en contacto con Xavier Lauran. Había sido codicia, nada más... un capricho, ya que había querido incluso más buena fortuna de la que ya le había llovido encima.

Pero no debía ser. Debía aceptarlo y olvidarse del tema. Pronto se olvidaría de él... Xavier solo era una fantasía. Un sueño. Nada más que eso.

Aunque era muy fácil decirlo... era más difícil seguir su propio consejo.

Debía pensar en Armand... en el milagro que había creado... milagro que estaba ocurriendo en aquel mismo momento en América. Deseaba telefonearlo... pero había prometido esperar a tener noticias.

Pidió al cielo que fueran buenas noticias...

Él le había prometido que la iba a telefonear cuando hubiera algo que contar... pero hasta aquel entonces ella debía tener paciencia. Él se ocuparía de todo, cuidaría especialmente de...

El agudo timbre de la puerta la sacó abruptamente de sus pensamientos.

¿Quién sería?

Repentinamente se sintió nerviosa. Se dijo que no sería Armand, no podía ser... no debía ser.

El timbre sonó de nuevo. Urgente e imperativamente. Con las piernas temblorosas se acercó a la puerta y descolgó el auricular del portero automático. De ninguna manera abriría la puerta de la calle sin comprobar quién estaba allí.

—¿Sí? —dijo de manera seria, no queriendo parecer una solitaria mujer sola en casa.

La voz que oyó desde el otro lado estaba distorsionada pero, al llegarle al oído, se sintió desfallecer.

Era Xavier Lauran.

Capítulo 8

SE creó silencio, un completo silencio, a través del portero automático. Xavier se quedó allí de pie, tenso.

Se preguntó si el incoherente mensaje que le había dado su asistente personal con cara de póquer había implicado lo que él había creído.

Recordó lo que decía y ello solo podía implicar una cosa.

Que Armand y Lissa habían terminado su relación.

Era cruel, pero si realmente era cierto, entonces…

Solo podía pensar en una cosa. La podía tener.

Una sensación de triunfo se apoderó de él. Si su hermano ya no tenía una relación con Lissa, aquellas malditas palabras de ella… «no puedo»… no importaban en aquel momento. Ya no eran ciertas.

Debía ser verdad, ya que si no… ¿por qué habría telefoneado?

Necesitaba saberlo. En aquel momento. La frustración se apoderó de nuevo de su cuerpo, una mezcla venenosa junto con la esperanza, al ver que ella no abría la puerta.

Como si hubiese hablado en alto, oyó cómo Lissa abría la puerta por dentro y entonces él la abrió aún más, entrando en el piso. Había un estrecho pasillo, iluminado solo por una bombilla en el techo. Todo parecía sombrío y desnudo. Pero él no tenía ojos para nada de aquello… solo para la mujer que estaba allí de pie.

Se acercó a ella. La agarró. Posó su boca sobre la de aquella bella mujer.

La besó de manera urgente y posesiva, dejando su marca sobre ella. Lissa se derritió ante aquello. Él se sintió victorioso y la dejó de besar, tomándole la cara entre las manos, haciendo que lo mirara.

–¿Por qué me telefoneaste?

Su voz era dura y Lissa vio cómo las pupilas de él se dilataban incluso más de lo que ya estaban.

–Yo… yo… –comenzó a decir ella con una débil voz, todavía recostada en el cuerpo de él.

–Necesito saberlo –insistió él–. Necesito saber si estás libre para venir a mí.

Lissa lo abrazó y apoyó su cara en el hombro de él. Entonces Xavier le acarició la espalda.

–¿Es eso un sí, *cherie*? –preguntó sin dejar de acariciarle la espalda.

–Xavier –fue todo lo que dijo ella.

Pero aquello fue suficiente para él.

Muy despacio, volvió a posar su boca sobre la de ella.

Estaba exultante. Lissa Stephens era suya.

No mencionó a Armand. No necesitaba hacerlo. No había razón para hacerlo. Fuese lo que fuese lo que había ocurrido entre Lissa y su hermano había acabado. Todo lo que sabía era que él había hecho lo correcto… se había apartado de una mujer que estaba prohibida para él… sin importar lo que le había costado hacerlo.

Y la verdad era que le había costado mucho...
sin duda. Pero en aquel momento podía hacer que
Lissa fuese suya y eso era todo lo que le importaba.
No preguntaría nada, ni de ella ni de su hermano,
simplemente aceptaría, con alivio y gratitud, que no
había nada que se interpusiera entre ellos.

A regañadientes, se apartó de ella. Entonces la
miró a los ojos. El brillo tan radiante que reflejaban
le impresionó.

−Vamos −dijo, acercándose de nuevo a besarla
posesivamente−. Busca tu pasaporte.

Lissa estaba por las nubes, rebosante de felicidad. Xavier había ido a por ella... la deseaba tanto
que había viajado desde París en cuanto había recibido su incoherente mensaje.

Algo se apoderó de ella, algo dulce, intenso y radiante. Mientras tomaba sus cosas del piso, metién-
dolas en una pequeña maleta, y se cambiaba de
ropa, apenas podía pensar con claridad. Dejó un
mensaje en el contestador de la compañía de seguros para la que trabajaba diciendo que se iba a tomar unos días libres, tomó su bolso, su pasaporte y
su teléfono móvil.

Había pasado de estar resignada, de forzarse a
aceptar que su oportunidad con Xavier Lauran había pasado, a todo lo contrario. Había pasado de estar decepcionada a radiante. Todo estaba lleno de
color de nuevo.

Miró a Xavier, que estaba arrebatadoramente
guapo. La estaba observando hacer la maleta, apoyado en la puerta de su dormitorio. Sus ojos reflejaban alegría.

Se preguntó si la iría a llevar al mismo hotel donde le había hecho pasar aquella mágica velada. Pero él le había pedido que recogiera su pasaporte, lo que quizá significara que la iba a llevar a Francia... ¿pero cuándo? ¿Por cuánto tiempo? No le importaba. No le importaba nada... iría con él donde quisiera.

Se dijo a sí misma que iba a aprovechar aquel momento. Lo iba a aprovechar y a disfrutar de él, sabiendo que durante el tiempo que Xavier la deseara la iba a tener.

No debía pensar en la realidad de lo que estaba haciendo... eso ya lo tendría que hacer más tarde. Todo lo que iba a hacer en aquel momento era vivir aquello al máximo...

Cerró la maleta y la agarró, junto con su bolso.

—¿Estás preparada? —preguntó él, acercándose a ella y tomando la maleta de su mano.

Lissa asintió con la cabeza, sintiendo lo alterado que tenía el corazón.

—Sí —dijo.

Él le tendió la mano y ella la tomó.

Al llegar al apartamento parisino de Xavier Lauran, Lissa tuvo que pellizcarse para lograr creer que hacía solo unas horas había estado limpiando su deprimente y lúgubre piso londinense. En aquel momento, estaba en un apartamento de altos techos, con una impresionante decoración mezcla de estilos antiguo y moderno. Le había impresionado que él hubiese querido regresar a París aquella misma noche... habían tomado un avión y allí estaba, con el hombre que había pensado que nunca podría ser suyo.

Xavier estaba delante de ella, con una copa de champán en la mano, al igual que ella. Sabía que seguramente sería de una cosecha exquisita, pero no podía beber. Cada átomo de su cuerpo estaba centrado en una cosa… en estar allí con él.

—Por nosotros, porque por fin estamos juntos —brindó Xavier, bebiendo de su copa.

Ella debió de hacer lo mismo, aunque apenas se percató de hacerlo. Solo era consciente del hombre que, aquella misma noche, la iba a llevar a la cama.

E iría con él. Deseosa, fervientemente. Xavier Lauran la deseaba, había ido a por ella, la había llevado a París, y ella lo deseaba con cada célula de su cuerpo, con cada fibra de su ser.

Volvió a quedarse sin aliento una vez más al mirarlo, al ver su elegante cuerpo, sus increíbles rasgos y sus oscuros y bellos ojos. Cuando él la miraba, sentía cómo se derretía y cómo se le aceleraba peligrosamente el pulso. No podía pensar en nada. La emoción y lo maravilloso del momento se apoderaron de ella.

Observó cómo él dejaba su copa sobre una cómoda y cómo se acercaba a tomar la de ella de sus temblorosos dedos. Le sonrió y ella sintió cómo se le derretían las piernas. La sonrisa que estaba esbozando él era cálida e íntima… y para ella sola. A continuación, acercó la mano para acariciarle la mejilla.

Lissa no podía respirar, no podía hablar… solo podía quedarse allí de pie mientras él la acariciaba. Sintió cómo su piel cobraba vida bajo los dedos de él y, al comenzar a acariciarle los labios, se le agitó la respiración.

Se había acercado aún más a ella, pero no sabía

cuándo lo había hecho. No estaba segura de nada salvo de la dulce sensación que la estaba derritiendo por dentro.

–Eres tan bella… –dijo él con voz dulce.

La excitación sexual le recorrió el cuerpo a Lissa. Él la miró a los ojos, provocando que ella deseara tocarlo, que deseara acariciar el azabache pelo de aquel hombre…

Levantó la mano y él le agarró la muñeca. No la estaba sujetando con fuerza, pero no podía escapar.

–No –dijo él–. Primero quiero tocarte yo a ti.

Lissa se lo permitió, permitió que las delicadas yemas de los dedos de él le acariciaran los labios, la garganta, los lóbulos de las orejas, el cuello. Entonces Xavier comenzó a bajar hacia el escote de la blusa que ella se había puesto apresuradamente. Sin dejar de mirarla, le desabrochó los botones uno por uno mientras ella era incapaz de moverse, incapaz de nada salvo de disfrutar de aquella exquisita sensación que le estaba debilitando todo el cuerpo.

Le abrió la blusa y sus hinchados pechos se excitaron al acariciarle él los pezones bajo la tela del sujetador. Ella suspiró y Xavier le quitó la blusa, tras lo cual hizo lo mismo con el sujetador.

Entonces comenzó a acariciarle los pechos, pechos que ella sentía más pesados que nunca. Al sentir cómo él incitaba exquisitamente los bordes de sus endurecidos pezones con sus dedos, echó la cabeza para atrás y separó los labios. Él continuó excitándola hasta hacerle sentir que ya no podía soportarlo más. Y entonces, por fin, acarició la punta de sus pezones…

Ella sintió cómo unas intensas sensaciones le invadían el cuerpo y abrió aún más los labios.

–Xavier...

Él no contestó, pero miró donde estaban sus dedos.

–*Belle*... –dijo suavemente.

Durante unos eternos momentos él estuvo jugando con los pechos de ella, hasta que Lissa casi no pudo soportar la exquisitez de su contacto. Sintió cómo su cuerpo se balanceaba, estaba ardiente de deseo, no era consciente de nada más que de la deliciosa sensación que estaba sintiendo en sus pechos. Pero sí que era consciente de una cosa... que aquello no era suficiente.

Como si hubiese leído su mente, Xavier bajó sus manos, y le acarició la cintura. Entonces, Lissa sintió cómo le desabrochaba la falda y se la bajaba hasta el suelo. Ella se la quitó, pendiente de lo que iba a hacer él a continuación.

Xavier le acarició el trasero con firmeza, apretándola contra él. Entonces Lissa pudo sentir, mientras una ola de excitación le recorría el cuerpo, la dura y reveladora fuerza de su erección. Se quedó sin aliento y lo miró a los ojos.

–Y ahora, *cherie*, es el momento de que me toques –dijo él suavemente.

Durante un momento, ella vaciló. Era muy consciente de que su cuerpo estaba apoyado en el de él, vestida solamente con sus braguitas, con los pechos hinchados y endurecidos, con el pelo suelto sobre su desnuda espalda... era una mujer que estaba esperando que la llevara a la cama, mientras que él, muy excitado, estaba completamente vestido. El contraste le hizo sentir una erótica intensidad.

Levantó los brazos y lo abrazó por el cuello. Al hacerlo, sus pechos presionaron el torso de él. Sintió la chaqueta de él contra sus pezones... lo que la excitó aún más.

De nuevo, se le agitó la respiración.

Presionó las caderas contra las de él, sintiendo el delicioso contacto de aquella parte íntima de su cuerpo.

Lo miró a la cara y pudo ver que había tensión reflejada en sus pómulos. Se estremeció, pensando que tal vez ella sería una de las muchas mujeres que Xavier Lauran podía tener, pero en aquel instante era ella la que estaba en sus brazos, era ella la que estaba causando aquella excitación, la que estaba haciendo que él estuviera centrado en ella completamente.

Pero no duraría. Lo sabía, aunque no le importaba. Pagaría el precio cuando llegara el momento, regresando a su vida real, pero hasta entonces tendría lo que jamás había pensado que podría tener ni que podría haber experimentado.

Durante un momento, se quedó disfrutando de la sensación de presionar su pubis contra la fuerza del endurecido sexo de él, tras lo cual se echó ligeramente para atrás. Sus caderas todavía estaban en contacto, pero ella dejó de abrazarle el cuello y comenzó a desabrocharle la corbata. Sin dejar por un segundo de mirarlo a los ojos, se la quitó y la tiró al suelo.

Entonces comenzó a desabrocharle los botones de la camisa uno por uno, excitándole al hacerlo con una deliberada lentitud. Mientras desabrochaba los de la parte más baja, pudo sentir el calor que transmitía la piel de él. Y pronto, muy pronto, sus dedos estarían acariciando la suave y firme piel de aquel hermoso hombre.

Una vez abrió completamente la camisa, llevó sus manos a los hombros de él. Xavier seguía mirándola a los ojos y ella sabía, por instinto femenino, que él estaba tratando de controlarse con todas sus fuerzas, estaba forzándose a estarse quieto mientras ella lo desnudaba.

Por fin introdujo las manos bajo la tela de la camisa y la sensación de la cálida y suave piel de aquel hombre fue embriagadora. Le acarició los hombros antes de quitarle la camisa, bajándosela por los brazos. Solo entonces se permitió el lujo de acariciarle el pecho. Al hacerlo se quedó sin aliento... era perfecto, realmente perfecto. Musculoso pero no en exceso. Era magnífico tocarlo, magnífico dejar que sus manos se movieran libremente.

Pero lo mejor de todo fue cuando, a continuación, acercó sus desnudos pechos al torso de él, deleitándose en la sensación de sentir sus pezones contra la delicada piel de Xavier.

Sintió cómo la erección de él se hacía más pronunciada, excitándose ella misma mucho más. Pero, en ese momento, él tomó control de nuevo. La abrazó por la espalda de una manera posesiva.

Acercó su boca a la de ella.

El beso que le dio no fue suave ni urgente. Fue el beso de un hombre, de un macho, fuerte, sensual... Poseyó su boca como si fuese suya. Le abrió los labios sin esfuerzo alguno, haciendo el beso más profundo con una sensual maestría.

El deseo se apoderó de ella, un deseo más intenso y fuerte del que había estado sintiendo hasta ese momento. Lo besó a su vez con apasionamiento, acariciándole el pelo.

Su cuerpo estaba a punto, tenía los labios hinchados, los pechos en tensión y, entre las piernas, donde la fuerza de la erección de él estaba presionando insistentemente, sintió unas ansias, un hambre, que debía saciar.

Como si hubiese sentido que ella había llegado a tal punto, Xavier la tomó en brazos y la dejó sobre la ancha y suave cama. Ella se quedó sin aliento al observar cómo él se quedaba de pie para quitarse la última ropa que llevaba puesta. Entonces se acercó a ella, agarró sus braguitas y se las quitó. Lissa se sintió entonces completamente expuesta ante él, que analizó con la mirada todo su cuerpo... hasta detenerse en sus ojos.

Fue la mirada más íntima que le había dirigido él hasta aquel momento y Lissa supo que iban a comenzar a hacer el amor.

Se sintió hermosa, más bella de lo que nunca se había sentido en su vida. La belleza de su cuerpo desnudo, de su largo pelo suelto cubriendo su espalda, de sus brazos, de sus piernas, toda ella expuesta para él, solo para él... el cuerpo de una mujer que anhelaba cumplir un deseo, deseo que iba a consumar con aquel hombre, cuyo perfecto cuerpo estaba ya tumbado a su lado, tan expuesto como el suyo. Una naturalidad rodeaba a todo aquello, era como si fuese perfecto que aquellos dos cuerpos se fueran a unir, dos personas que se iban a entregar la una a la otra.

Se iban a entregar apreciando mutuamente el regalo de la sensualidad física.

Lissa sonrió. Fue una sonrisa cálida, como afirmación de que lo que estaba haciendo estaba bien.

—Xavier —dijo. Era una afirmación, un reconocimiento, reconocimiento de lo que estaba a punto de hacer. Iba a hacer el amor con el hombre que más deseaba–. Xavier –repitió.

Aquello fue todo lo que él necesitó. Comenzó a besarla en los labios, despacio, pero con tal destreza, con tal sensualidad, que ella se perdió... se perdió en un mundo que no había creído posible, un mundo en el que cada caricia provocaba una respuesta en ella que se intensificaba con cada delicioso contacto físico.

Xavier le acarició todo el cuerpo... los pechos, el estómago, los pechos de nuevo, excitando sus pezones como si fuese tan placentero para él como para ella. Lissa se estremeció en la cama al separarle él las piernas suavemente...

Deslizó los dedos entre los muslos de ella, que ya estaba preparada para él y que se quedó sin aliento, gimiendo, al sentir la increíble sensación de placer que se concentró en aquella íntima parte de su cuerpo. Al acercarse él aún más a su cuerpo, pudo sentir la dureza de su erección contra su muslo.

Entonces Xavier se posicionó sobre ella, presionándole el estómago y tomándole la cara entre sus manos. Comenzó a besarla de nuevo de manera sensual y profunda.

–Tengo que hacer una cosa –dijo, levantándose y dándose la vuelta.

Ella supo lo que iba a hacer. Cerró los ojos e inclinó la cabeza en la dirección opuesta a él. Oyó cómo se abría un cajón en la cómoda y, tras un momento, sintió el peso de él de nuevo en la cama.

–Abre los ojos de nuevo, *cherie* –dijo él, tomando la cara de ella con una mano y girándola hacia sí.

La besó despacio, tranquilizadoramente, y ella se relajó, abriendo los ojos. Él se puso de nuevo sobre ella, besándole la boca, presionando sus caderas contra las de ella. Sintió sobre su estómago su sexo endurecido...

Ella estaba preparada, completamente. Lo miró a los ojos con deseo y vio que los de él reflejaban lo mismo.

—Ahora —dijo suavemente—. Ahora.

Despacio, Xavier la obedeció y comenzó a penetrarla. Lissa gimió, emitiendo una exhalación de placer que provocó que él esbozara una sonrisita.

—¿Un poco más? —preguntó.

Ella solo pudo suspirar como respuesta, sin querer malgastar su aliento en una respuesta que él ya conocía. Entonces Xavier la penetró más profundamente y ella se abrió para él, sus aterciopelados tejidos provocaron que la bienvenida de él fuese tan suave como la seda. Nunca antes había sentido nada igual, era como algo que la ensanchaba por dentro pero sin dolor alguno. Solo había placer... un placer que era más que una sensación física, un placer que se apoderó de todo su cuerpo provocando que su sangre comenzara a latir con fuerza en sus venas. Lo agarró con fuerza por los costados.

—Es estupendo —suspiró.

Xavier sonrió y la forma en la que lo hizo, en la que sus ojos se iluminaron, provocó que ella se quedara sin aliento una vez más. Entonces, él la penetró con más fuerza, más profundamente. Instintivamente, ella levantó las caderas, abriéndose más para él, que se hundió en ella.

Lissa se sintió realizada. Completa. Dos cuerpos que se habían convertido en uno.

Durante un precioso momento, sintió cómo él se quedaba quieto dentro de ella.

–No te muevas –dijo–. Solo por un momento más… no te muevas.

Quería permanecer de aquella manera, con su cuerpo arropado por el de él y los de ambos por la calidez de la cama… era perfecto…

–Cherie…

En la voz de él se adivinó la tensión que estaba sintiendo. Lissa sonrió levemente, acercando su boca para acariciar la de él suavemente. Entonces levantó las caderas.

Él comenzó a moverse de nuevo y, al hacerlo, al acariciar con su pene la parte más íntima y sensible del cuerpo de ella, Lissa sintió un placer desbordante.

Gimió y él se movió con más intensidad, mirándola a los ojos. Con una certeza absoluta, Xavier construyó una pirámide de placer dentro de ella, convirtiendo el leve gemido de su garganta en casi un grito de angustia… una angustia tan dulce que era indistinguible del placer más intenso.

Xavier la penetró entonces con fuerza y una increíble sensación se apoderó del cuerpo de ella, que gritó, invadida por un océano de sensaciones.

Lo agarró con fuerza, desesperada, levantando las caderas para intensificar la sensación que le estaba recorriendo el cuerpo. Pero entonces una nueva sensación se apoderó de ella… sus músculos internos estaban contrayéndose, convulsionándose, hundiéndolo aún más en ella, momento en el cual sintió cómo todos los músculos del cuerpo de él se ponían tensos.

Xavier gritó, invadido por el placer. Durante un

eterno momento ambos se quedaron abrazados, completando de aquella manera su unión, tras lo cual ella pudo sentir cómo su cuerpo se desmoronaba debido a lo exhausta que estaba. Estaba jadeando.

El asombro se apoderó de ella, así como una exaltación que no había sentido nunca. Sintió cómo sus labios se abrían, esbozando una embelesada sonrisa.

Acarició el negro pelo de él, que estaba húmedo en la nuca.

No sabía cuánto tiempo estuvo allí tumbada. De lo único de lo que estaba segura era de que aquel momento no tenía precio. Aquello era todo lo que necesitaba. Tenía los ojos cerrados y sintió cómo la mejilla de él reposaba sobre la suya.

Sintió cómo él se movía y cómo, despacio, le besaba los párpados.

–*Ma belle* –dijo él.

Entonces comenzó a apartarse.

–No te muevas –le dijo–. Volveré en un momento –aseguró.

Pero incluso ese breve momento sin él la hizo sentirse fría, abandonada, y, cuando él regresó, le tendió los brazos, abrazándolo con fuerza cuando se acercó a ella.

–Xavier –dijo contra su piel, impregnándose del aroma de él. Entonces, al cerrar los ojos de nuevo, sintió cómo la somnolencia se apoderaba de ella.

Sintió cómo él la tapaba con las mantas y cómo le murmuraba algo. Entonces, abrazada a él, se quedó dormida…

Xavier se quedó allí tumbado, preguntándose qué había ocurrido. Había sabido que deseaba a

Lissa, que su belleza le había impresionado aquella noche en el hotel, abrumándole, estimulando en él un deseo que le había dejado aturdido. Había sabido, desde que había recibido aquel incoherente mensaje de ella, que poseerla le iba a aliviar, a la vez que saciar dulcemente. Sobre todo porque había pensado que no lo iba a poder hacer.

Pero lo que acababa de ocurrir entre ambos había ido más allá. Había sobrepasado los límites.

Se preguntó por qué y cómo había ocurrido.

Pero su mente no encontraba respuestas. Ninguna razón. Lo único que sabía era que estaba en un territorio desconocido, en un lugar en el que nunca antes había estado. Trató de expresarlo con palabras y, mientras lo hacía, sintió la calidez del cuerpo de ella a su lado.

La realidad de tenerla en sus brazos, en su cama, se apoderó de él. Nada importaba comparado con aquello.

Se movió levemente y sintió el peso del suave y cálido cuerpo de ella sobre el suyo. Oyó cómo murmuraba algo en sueños. Estaba allí tan tranquila en sus brazos. Era tan natural...

Le hacía sentirse bien abrazarla, estar allí tumbado con ella.

Le gustaba la idea de quedarse dormido con ella a su lado.

Comenzaron a pesarle los ojos y su respiración se tranquilizó. Instintivamente, por un segundo, la abrazó con fuerza, como comprobando que ella estuviera todavía allí. Entonces dejó que su cuerpo se relajara, así como su mente.

Se quedó dormido abrazándola.

Y se sintió muy bien.

Capítulo 9

LA luz que entraba por la ventana y el olor a café recién hecho despertaron la adormilada mente de Lissa. Se preguntó por qué se sentía tan bien... y entonces se acordó. Abrió los ojos.

Xavier estaba sentado en el borde de la cama, vestido solamente con un albornoz blanco que acentuaba el precioso tono bronceado de su piel...

–*Bonjour, cherie* –dijo él, sonriendo.

Ella sintió como si se le derritiese el corazón. Se le iluminaron los ojos.

–Xavier.

Una enorme sonrisa se posó en su boca.

Había sido verdad, no había sido un sueño. Una maravillosa verdad que le quitaba el aliento de placer. Xavier había ido a por ella y la había llevado a París, la más romántica de las ciudades, para hacerla suya. Sonrió aún más, deleitándose al mirar la preciosa cara de aquel hombre.

–¿Quieres café? –preguntó él, cuyos ojos reflejaban diversión y desconcierto al mismo tiempo.

–Oh... por favor –contestó ella.

Comenzó a enderezarse en la cama, pero entonces recordó que estaba desnuda. Una repentina confusión y vergüenza se apoderaron de ella y, al sentarse, se tapó con el edredón. Xavier se acercó a colocarle la almohada para que se pudiera recostar en ella. Al sentir el sedoso pelo de él acariciar su mandíbula sintió cómo su corazón se derretía.

—¿Con leche o solo?

—Oh… con leche, por favor.

Su voz parecía entrecortada y, repentinamente, sintió demasiada vergüenza como para mirarlo a los ojos. Tomó su taza de café y se la llevó a los labios para beber un sorbo. Xavier se acomodó en la cama para tomarse el café y, cuando lo hizo, ella lo miró, sintiendo cómo se estremecía de nuevo.

Entonces se le iluminó la cara al sonreír abiertamente.

—¿Ocurrió de verdad? —preguntó sin poder evitarlo—. Pensaba que quizá todo hubiese sido un sueño —dijo entrecortadamente—. ¡Fue tan maravilloso!

Él esbozó una sonrisa y, de nuevo, sus ojos reflejaron diversión y desconcierto.

—Fue un placer —murmuró.

El acento francés de él hizo que ella se estremeciera.

—Para mí también —dijo—. Un placer enorme… —dejó de hablar y esbozó una mueca—. Lo siento. Estoy siendo… ¿cómo lo llamáis en Francia? *Jejeune*? ¿Sí? O quizá solo *naif* —tragó saliva—. Hum, er… Bueno…

Se bebió el café precipitadamente, inclinando la cabeza para que su pelo cubriera la vergüenza que sentía al haberse comportado como una idiota.

—Mírame —ordenó Xavier.

Ella se esforzó en hacerlo. Él se acercó y le besó la frente, haciendo que todo estuviera bien de repente, que nada fuese vergonzoso. Lissa sonrió abiertamente de nuevo. Sintió cómo la felicidad la embargaba.

Lo miró a los ojos y sintió que todo era agradable, encantador… y perfecto. Esa era la palabra. No quería buscar calificativos a aquello, solo quería seguir sintiéndose más ligera que el aire, feliz y por las nubes. La luz del sol iluminaba la habitación, colándose por la ventana, otorgando tonos dorados al ambiente.

–Todo está bien, *cherie* –le dijo él dulcemente–. Porque tú estás aquí conmigo –acercó su boca para acariciar sus labios con los de ella.

Entonces se echó para atrás, asintiendo con la cabeza ante el café de ella.

–Bébetelo –ordenó.

Obedeciendo, Lissa bebió un gran trago de café, su sabor le recordaba detalles de Francia… cafeterías con terraza y soleados balcones. Observó cómo Xavier bebía café, levantando elegantemente la taza.

Al terminar de beber, él dejó su taza en la bandeja. A continuación hizo lo mismo con la de ella. Durante un momento, solo un momento, los ojos de Lissa se quedaron como platos debido a la alarma que sintió. Se preguntó si él iba a mandarle hacer las maletas. Educadamente, desde luego, y encantadoramente, pero a hacer las maletas igualmente. Se preguntó si la iba a llevar a que tomara un avión de regreso a Londres para así continuar con su vida.

Pero al enderezarse él y darse la vuelta hacia ella, Lissa se percató de que mandarle hacer las maletas era lo último que tenía él en mente…

La besó de manera suave y prolongada. Sintió estremecerse cada célula de su cuerpo. Ella se dejó llevar por el dulce y maravilloso sensual placer de ello. Acercó sus manos para acariciarle el pecho, deslizándose de nuevo en la cama. Xavier le acarició la boca con la suya y ella se entregó, completamente, al extraordinario placer de sentir cómo Xavier Lauran le hacía el amor de la manera más bella posible...

Se quedaron un día en París.

—Debo poner algunas cosas en orden con el personal de mi oficina, *hélas* —dijo él con arrepentimiento—. Pero mañana por la mañana nos podemos ir.

—¿Adónde? —preguntó ella.

—Ya lo verás —contestó él, sonriendo pícaramente.

Sabía perfectamente dónde iba a pasar aquellos días con ella. Todavía no era la temporada, pero era mucho mejor que el calor del verano y no habría mucha gente que les molestara. Era un lugar al que nunca llevaba a sus amantes, pero Lissa era diferente. No sabía en qué, pero simplemente sabía que la clase de aventuras que había tenido con otras mujeres no funcionaría con ella. Lissa no era alguien a quien poder dejar en su apartamento mientras él seguía con su rutina diaria de reuniones de trabajo y alto nivel de estrés laboral para luego cenar con ella en algún restaurante, o en la ópera, como había acostumbrado a hacer con Madeline y sus predecesoras a lo largo de los años. No, él quería a Lissa para sí permanentemente... segura a su lado, en su cama. Había pensado que ella había estado prohibida para él... y, en aquel momento en el que el destino se la había entregado, no la iba a descuidar.

Así que merecía la pena volver locos a su asistente personal y a sus directivos para dejar todo organizado y no dejar nada pendiente. Algunos asuntos no podían ser solucionados en ese momento y tendría que resolverlos estando en contacto con su despacho mediante su ordenador portátil. Pero no trabajaría más de un par de horas al día.

Se preguntó a sí mismo cuánto hacía que no se tomaba unas vacaciones. Hacía mucho tiempo y bueno... en aquel momento las iba a tomar, junto a la mujer que había pensado que jamás sería suya.

En ese momento recordó a Armand y se preguntó si no debía ponerse en contacto con él para descubrir por qué Lissa y él habían roto su relación.

Pero apartó aquel pensamiento de su mente. No importaba lo que hubiese ocurrido entre ellos... todo lo que importaba era que Lissa ya no estaba atada a su hermano y que era libre de estar con él. Se preguntó si ella habría estado enamorada de Armand. Pero se dijo a sí mismo que no, que era imposible ya que no parecía tener roto el corazón ni nada parecido. Si no hubiera sabido que había estado con Armand, quizá jamás habría sospechado que en la vida de ella hubiera habido ningún hombre recientemente.

Durante un momento la incertidumbre se apoderó de su mente. Las apariencias habían sido engañosas respecto a Lissa... nadie lo sabía mejor que él. Cuando la había visto por primera vez había pensado que era una *putain* barata. Pero había estado muy equivocado. Aquella vulgar apariencia de ella había sido una máscara... un necesario disfraz para su trabajo. Y, aunque naturalmente él hubiera preferido que ella nunca hubiese trabajado en el casino, ese trabajo ya se había terminado para ella. Además, había estado dispuesta a perder su trabajo antes de hacer algo que contravenía su ética. Lo que, de nuevo, era un punto a su favor.

Y a él lo había rechazado debido a su compromiso con Armand.

Eso había sido lo que le había convencido sobre ella, que se había resistido a él por su hermano.

—¡Xavier, no! No puedo aceptar… de verdad que no puedo.

Como respuesta, él agitó una impaciente mano.

—Insisto.

—No voy a permitir que me compres ropa.

Xavier le tomó las manos en medio del elegante salón de una de las casas de alta costura francesas donde había llevado a Lissa, tras haber desayunado, la mañana en la que iban a marcharse de París.

—Hazlo por mí, *cherie*. Para tenerme contento. Quiero ver tu belleza realzada hasta la perfección.

Lissa se mordió el labio inferior.

—No puedo —dijo—. No estaría bien.

—¿Entonces por qué no lo consideras como un préstamo, nada más, al igual que hiciste con el vestido en el hotel? —propuso él, encogiéndose de hombros.

Ella frunció el ceño.

—¿Qué hiciste con el vestido?

Xavier se volvió a encoger de hombros.

—Se lo di a la muchacha de servicio. Estuvo muy agradecida.

—Eso fue un gesto muy generoso… el vestido costaba una fortuna. Pero no… —dijo, esbozando una mueca— tanto como costaría aquí —entonces lo miró a los ojos—. Xavier, no es solo que no pueda aceptar que me compres ropa, sino que tampoco quiero que te gastes tu salario en algo así. No estoy segura de qué puesto ocupas en XeL, pero incluso…

La elegante dependienta de la tienda, que estaba a una discreta distancia de ellos, tosió levemente. Xavier la miró con recriminación para, a continuación, mirar a Lissa.

—Digamos que aquí compro la ropa a precio de coste —dijo, haciendo una pausa—. XeL tiene un acuerdo de participación con esta casa de modas que permite hacerlo. Obtengo un descuento.

Lissa lo miró con la sospecha reflejada en los ojos.

—¿Qué clase de descuento?

—Uno considerable —contestó él suavemente.

Aquello pareció tener efecto y Lissa aceptó, contentándose a sí misma al decirse que le permitiría comprarle, bueno… hacerle un préstamo, de no más de tres prendas. Mientras las elegía y se iba a probarlas, Xavier se planteó si decirle que XeL no era solo copropietaria de aquella boutique, sino que él era el director y mayor accionista de la empresa.

Pero decidió no hacerlo. Ella no había mostrado mucho interés en su trabajo y, por lo que a él respectaba, era algo bueno. Pero aun así quería verla vestida con ropa decente.

Aunque sería para él solo, ya que donde la iba a llevar no estaría a la vista de todos.

Se preguntó si estaba apartándola adrede del mundo en el que él se movía. Reconoció que podría ser. Se planteó si era porque no quería que ella viera lo lujosa que era su vida o si era porque la quería solo para él, si quería toda la atención de aquella mujer en exclusiva… lo que era más verosímil.

También se planteó si sería porque Lissa Stephens no parecía una mujer a la que le impresionara el lujo. Había parecido realmente reacia a que él le comprara aquel vestido en Londres y, en la boutique en la que se encontraban, también se había opuesto a que él gastara dinero.

Entonces le dio algunas instrucciones a la dependienta. Lissa quizá pensara que iba a salir de allí con solo tres conjuntos, pero él tenía otros planes. Le había dado a la dependienta las medidas de Lissa para que pudiera proveerle del resto de la ropa necesaria. Era cierto que, a donde iban a ir, ella no necesitaría una gran selección de ropa formal, pero necesitaría mucho más que los tres conjuntos que le iba a permitir comprar. Satisfecho, centró su atención entonces en mirar el primer conjunto de ropa que Lissa había salido a enseñarle.

Media hora después, todo estaba hecho. Lissa no iba vestida con las baratas falda y camisa con las que había llegado, sino con un impecable vestido a juego con una chaqueta que, por fin, hacían justicia a su belleza.

Colocando la mano de ella posesivamente en su brazo, y dejando que el personal de la boutique colocara las bolsas de lo que había comprado en el maletero de su coche, salieron a la calle. Su siguiente parada era el aeropuerto y después Niza, pero no uno de los muchos lugares famosos de la Costa Azul, sino un lugar mucho más privado, donde Lissa y él pudieran estar a solas…

Xavier se echó para atrás en la silla en la que estaba sentado en la pequeña terraza, permitiéndose

evadirse del informe de mercado que estaba analizando, más por un sentido de obligación que por
ningún interés verdadero.

Aunque ineludiblemente había llevado trabajo
consigo, no le estaba prestando mucha atención.

Pero claro, nada de lo que había pasado durante
las dos anteriores semanas había captado su atención... aparte de Lissa.

Ella encajaba a la perfección allí. Cualquier
duda que hubiera tenido se había despejado al ha-
berla ayudado a subir a la lancha que había estado
esperándolos tras haber aterrizado en Niza.

–¿Adónde vamos? –había preguntado ella con
los ojos como platos.

–Tengo una villa –había dicho él–. Pero no está
en el continente. ¿Has oído hablar de las Îles de Lé-
rins?

Ella había negado con la cabeza.

–Están a poca distancia de la costa, cerca de
Cannes. En la temporada alta, las dos islas principa-
les, la Île St Honorat y la Île Ste Marguerite, son fa-
mosas y muy atractivas para los excursionistas,
pero en esta época no lo son tanto. Además, mi villa
está en la más pequeña de las islas, Île Ste Marie...
que es poco más que un islote –entonces había sonreído–. Espero que te guste.

A ella le había encantado.

Había gritado de puro placer al ver la simple
construcción de piedra, escondida detrás de unos
pinos, y Xavier había sentido cómo el último de los
nudos que tenía en la garganta se disolvía. Había
comprado aquel lugar en un impulso hacía varios
años. Ya tenía un apartamento en Montecarlo, pero
aquel lugar era más que nada un lugar de diversión.

Aquella pequeña villa suponía un gran contraste con el lujoso dúplex de Montecarlo. Aunque rara vez tenía tiempo para acudir allí, cada vez que lo hacía deseaba poder quedarse más tiempo. Era un lugar donde nunca había llevado a ninguna de sus amantes, ya que cualquiera de ellas habría estado fuera de lugar.

Pero Lissa...

Levantó la mirada y pudo verla delante de él. Estaba escalando por la pequeña cala que había frente a la villa, tan ágil como una gacela, con el pelo recogido en una coleta. Iba vestida con pantalones cortos y una camiseta. Tenía el aspecto de una colegiala.

Entonces se acercó a él.

Xavier la miró fijamente. Incluso vestida con aquella sencilla ropa estaba estupenda, le quitaba el aliento.

Ella disfrutaba de lo que él le ofrecía, así como también disfrutaba de él, disfrutaba de todo el tiempo que pasaban juntos.

Él también.

Se preguntó si había estado alguna vez tan relajado con una mujer, o tan contento con simplemente estar sentado mirándola...

Aquel era un pensamiento extraño, uno que no había tenido antes.

Lissa se acercó a él, apoyándose en una esquina de la mesa de la terraza, donde normalmente desayunaban y comían. Como siempre ocurría cuando miraba a Xavier, le dio un vuelco el corazón. Había pensado que él estaba impresionante con traje, o sin nada, pero con ropa deportiva, como los pantalones chinos y el polo que llevaba en aquel momento, estaba todavía más guapo, más impresionante. Se quedó sin aliento.

Se preguntó si realmente estaba allí con Xavier o si era una fantasía que creía ser cierta. Pero la maravillosa sensación que le recorrió el cuerpo al mirarlo le dijo que era cierto. Era real y maravilloso.

Y era algo que parecía mejorar cada día. Cada momento parecía mejor que el anterior. En los brazos de Xavier había descubierto una sensualidad que no había sabido que poseyera. Y, aunque él tenía mucha más práctica en el exquisito arte de hacer el amor que ella, nunca se había sentido inadecuada o sin experiencia... nunca había sentido que no podía dar el mismo placer que le daba él a ella. Y esa, reconoció, era la mayor de las habilidades de él... hacerla sentir que era tan bella, tan sensual, tan deseable como ella sabía que él quería que fuese una mujer. En los brazos de él, resplandecía de felicidad y rebosaba de vida de una manera que nunca antes había experimentado.

Pero no era solo cuando la tenía en sus brazos cuando él la hacía sentirse bella y deseada. Cada vez que la miraba se lo dejaba claro, provocando que ella se estremeciera y que sintiera cómo una calidez le recorría todo el cuerpo hasta lo más profundo de su corazón. Simplemente con estar allí, con Xavier.

Pero esa calidez que sentía le preocupaba. Y comenzó a oír una voz dentro de ella que le pedía que tuviera cuidado.

No sabía exactamente sobre qué se estaba advirtiendo a sí misma, pero sabía, con un instinto de peligro, que debía tener en cuenta esa advertencia.

El destino le había arrebatado en un segundo,

aquel fatídico día del accidente, lo que ella había pensado que estaría allí para siempre. Pero, de la misma incomprensible manera, le había otorgado aquel maravilloso tiempo que estaba viviendo. Xavier Lauran había entrado en su vida... no sabía por qué, solo sabía que el destino había hecho que ocurriera, concediéndole aquel regalo. Eso era lo que él suponía para ella. Un regalo. Un regalo que había llegado de ninguna parte y que iba a tener el mismo final. Lo sabía perfectamente.

No tenía ningún futuro con Xavier Lauran. No podía ser. Él era como una copa del mejor champán que le había ofrecido el destino. Bebería el champán hasta el límite, permitiría que se le subiera a la cabeza.

Pero sería prudente y no dejaría que le llegara al corazón.

Lo miró sonriente. Estaba muy a gusto con él, lo había estado durante todo el tiempo que habían estado juntos. Habían pasado las noches amándose, llenos de pasión y de deseo, pasión que le derretía los huesos, pasión que la llevaba al éxtasis... Los días habían pasado alegre y muy rápidamente. El constante cansancio que había sido parte de su vida durante tanto tiempo finalmente había desaparecido en aquel paraíso. No había trabajo que realizar en la pequeña villa... una pareja de la zona se ocupaba de las labores de limpieza y de cocina.

Desayunaban tarde... ya que se acostaban a altas horas de la madrugada tras haber estado haciendo el amor, cosa que a veces se repetía en medio de la noche. Desayunaban despacio, disfrutando del aroma del café y de los cruasanes. Solían leer y tomar el sol, tras lo cual iban a dar un paseo entre los pinos o por la orilla del mar. Aunque hacía demasiado frío como para bañarse, la costa era preciosa y estaba desierta. Había una moto de agua aparcada en una cala y Xavier la había llevado a dar paseos en ella, y le había enseñado el resto de las islas.

Se había ofrecido a llevarla al continente en una ocasión, pero ella no había querido. Su negativa no solo había sido porque no veía mucho atractivo en la excesivamente edificada costa, con sus grandes hoteles y enormes bloques de apartamentos. Había otra razón... y no era solo porque se deleitara con el hecho de tener a Xavier solo para ella.

Era porque allí, en aquella diminuta isla, podía mantener el mundo real aparte. Allí estaba con Xavier, pensando solo en él, estando solo con él. Él absorbía todo su tiempo, toda su mente...

Mantenía su mente alejada de lo que estaba ocurriendo en América y de cuándo tendría noticias de Armand.

No quería pensar en eso. No quería que aquella subyacente ansiedad se apoderara de ella mientras no podía hacer nada para ayudar. Todo lo que podía hacer era esperar a que Armand se pusiese en contacto con ella. Entonces lo sabría.

Hasta entonces... tenía a Xavier. Y debía aprovechar el tiempo con él al máximo posible. Por muy corto que fuera.

Extendiendo una pierna, apartó con el pie el informe que Xavier tenía en las manos. Le sonrió.

—Oh, tira ese aburrido informe, Xavier, y ven a vagabundear por la playa conmigo —incitó.

—¿A vagabundear por la playa? —dijo él, frunciendo el ceño con humor.

—Ya sabes... a andar por la playa para ver qué puedes encontrar.

—Pero no hay playa, solo hay rocas —objetó él.

—Oh, los franceses sois tan lógicos. Ven. Quizá el agua esté helada, pero el mar está muy bonito y cristalino —entonces respiró profundamente—. Adoro la fragancia de los pinos... lo impregna todo.

Xavier sonrió, dejando el informe sobre la mesa.

—Te has perdido la mimosa, lo que es una pena... su fragancia es exquisita. También nos estamos perdiendo la lavanda. ¿Te gustaría visitar Grasse mientras estamos aquí? Es el centro de la industria del perfume francés... y XeL tiene una *parfumerie* allí que yo te podría enseñar. Y deberíamos ir a St Paul de Vence, que no está muy lejos. Te he enseñado muy poco de la *Cote d'Azur, hélas*.

—No me importa —aseguró ella—. Estoy feliz aquí en la villa. ¡Muy contenta!

Lissa apenas podía recordar haberse sentido alguna vez tan feliz como se sentía en aquel privado y secreto mundo de ambos, con su privada y secreta felicidad.

Pero debía racionalizar su negativa a abandonar la isla y la villa.

—Me encantaría que el resto de la Riviera fuese como esto... simplemente con pinos y con una costa rocosa, con unas pocas villas... Es una pena que lo hayan echado a perder. Lo siento, no debería ser tan criticona.

Pero él no estaba ofendido... ni mucho menos.

—Todavía hay algunas partes en las que no se ha construido a lo loco —dijo, esbozando una leve sonrisa—. En las colinas, lejos de la costa, en los Alpes Marítimos, donde está St Paul de Vence, no hay muchas construcciones. Incluso en la costa misma hay algunas zonas menos feas y menos modernas.

Beaulieu, que está entre Niza y Montecarlo, todavía hace justicia a su nombre, «lugar hermoso». Mi madre vive allí con mi padrastro...

Repentinamente dejó de hablar, pero prosiguió haciéndolo al instante no mencionando ese tema.

–Antibes también es menos turístico. El museo de Napoleón está allí... ¿sabías que llegó allí cuando escapó de Elba?

Logró captar la atención de Lissa, justo lo que había pretendido. Había sido un error mencionar a su madre y a su padrastro.

–¿No mandó el rey una jaula de hierro para él cuando lo capturaron? –dijo ella.

Entonces comenzaron a mantener una divertida conversación sobre Napoleón y Wellington, pero Lissa se percató de que él estaba tratando de distraerla.

–Simplemente estás hablando de historia para tratar de no tener que bajar a la playa conmigo –dijo, agarrándolo por el brazo–. ¡Vamos, vago! Tenemos que hacer ejercicio antes de comer.

–Yo puedo pensar en un ejercicio estupendo... y ni siquiera tenemos que andar diez metros –murmuró él con brillo en los ojos.

Pero Lissa se levantó y tiró del brazo de él, que se levantó a regañadientes.

–Eh, bien... si insistes, vamos a vagabundear por la playa –dijo, resignado.

La tomó de la mano y ella sintió la calidez y la fuerza de la mano de él en sus dedos, haciéndola sentir repentinamente segura y valorada.

Un pequeño escalofrío le recorrió el cuerpo y, como un fantasma susurrándole en la cabeza, oyó de nuevo la advertencia de tener cuidado.

Oyó las palabras, pero tras ella oyó otro susurro que le hizo sentir un escalofrío más profundo.

«Ya es demasiado tarde».

—De verdad, Xavier, eres un miedica. El agua no está tan fría.

Lissa sonrió divertida ante la negativa de él de hacer lo que estaba haciendo ella. Habían llegado a una roca que estaba sobre el mar y ella no había dudado en quitarse las zapatillas y en meter los pies en el agua. Estaba fría, no había duda, pero eso no era razón para sacarlos.

Xavier estaba sentado a su lado, pero con las piernas dobladas sobre su pecho. La miró con desdén.

—El masoquismo nunca me ha atraído, *cherie* –informó–. Y ni siquiera sueñes con que voy a frotarte los pies cuando se te congelen.

Lissa rió, echándose para atrás apoyada en sus codos. Entonces lo miró.

—Obviamente nunca has estado en las playas británicas, ¿no es así? –bromeó–. Por no hablar de St Andrew's, en Escocia. ¡Eso es lo que yo llamo agua fría… incluso en verano! Pero, aunque está en el Mar del Norte, es una playa fantástica. Está junto al famoso campo de golf y, a mi padre, le encantaba jugar allí…

Dejó de hablar, sintiendo un doloroso nudo en la garganta.

Xavier pensó que era extraño oír a Lissa hablar de su familia. En realidad, se dio cuenta de que nunca lo hacía. Él tampoco lo hacía… por razones obvias.

Se preguntó dónde estaría la familia de ella pero, de hecho, no quería pensar en las familias, ni en la de ella ni en la suya. No quería pensar en la existencia de ella en otra parte que no fuera allí. No quería recordar el trabajo que había ejercido o la relación que había tenido con su hermano. Quería olvidarse de todo aquello. Solo quería que estuviera allí, con él, en su villa, aislada del mundo, en un refugio privado donde podía tenerla para él solo...

Pero, aunque quisiera, no podía permanecer allí para siempre. Ya habían pasado las dos semanas que había pensado estar fuera y se preguntó durante cuánto tiempo iba a ser capaz de retrasar su regreso a París. Ya estaba recibiendo correos electrónicos de su desesperada asistente personal y de sus directores, indicándole que necesitaban que volviese a centrar su atención de nuevo en XeL.

La irritación y el enfado se apoderaron de él. No quería pensar en XeL, no quería tener que regresar a París, ni tomar decisiones, ni asistir a reuniones... No quería involucrarse de nuevo en su trabajo. Por lo menos no en aquel momento.

Aquellos momentos que estaba viviendo eran demasiado importantes para él.

Miró a Lissa, que había cerrado los ojos mientras tomaba el sol.

Sintió cómo el deseo se apoderaba de él y miró los exquisitos rasgos de la cara de aquella mujer. Cada vez que lo hacía sentía un gran placer. Podría estar mirándola durante horas.

Había como una serenidad reflejada en su cara en aquel momento...

Se quedó sin aliento.

Elle est si belle!

Más que bella.

Más que deseable.

Algo se movió dentro de él... algo que no reconoció, pero que podía sentir como una presencia extraña.

Se preguntó qué era y en su mente se formuló la respuesta; no quería dejarla marchar.

Entonces la miró a la cara y acercó sus labios a los de ella, besándola sensualmente mientras le acariciaba un pecho.

Sintió la respuesta de ella, notó cómo comenzaba a mover sus labios e, invadido por una profunda satisfacción, le hizo el amor allí mismo, bajo el sol...

Capítulo 10

TRAS la cena, tomaron café en el salón de la villa y Xavier informó a Lissa de que tenía que regresar a París en dos días.

—No puedo retrasar más mi regreso —dijo—. Lo siento.

Lissa sintió que algo se le helaba por dentro, pero se forzó a hablar.

—Desde luego. Lo comprendo. Ha sido estupendo que te hayas podido tomar estos días de descanso.

—Es un maldito fastidio —dijo él con un repentino énfasis.

—Es tu trabajo y el trabajo no nos deja muchas opciones —dijo ella, consciente de que repentinamente el idilio se había terminado.

Había sabido que iba a ocurrir, su mente lo había sabido. Pero el resto de su cuerpo solo había sabido que en aquel lugar, en aquella isla, había deseado que el tiempo se detuviera.

Pero estaba claro que iba a acabar. Debía acabar. Sabía que él tenía que trabajar y que cumplir con sus responsabilidades. Cuanto más alto era el cargo de los ejecutivos, más tenían que trabajar.

Todo había acabado.

Sintió que tenía una pesada piedra en su interior.

Todo había terminado.

Xavier regresaría a París y a ella la mandaría de regreso a Londres en un avión. Le daría un beso de despedida, le diría que habían sido unas vacaciones maravillosas, le sonreiría… y se marcharía.

Jamás lo volvería a ver.

Un dolor súbito e insoportable se apoderó de ella. Se preguntó cómo iba a poder soportarlo…

Aquel era el final de su aventura amorosa.

Eso era lo que en realidad había sido aquello… una aventura. Y nunca llegaría a más.

Xavier estaba hablando de nuevo y ella se esforzó en escuchar…

–… París, probablemente durante una semana. Después tengo que viajar a Viena, posiblemente vía Munich, y más tarde, pero en el mismo mes, tendré que ir a Oriente Próximo. XeL tiene fábricas allí y los tenemos muy vigilados para asegurarnos de que las condiciones de trabajo son buenas para los empleados. Sé que es mucho viaje para ti, pero trataré de asegurarme de que tengamos algún tiempo para visitar los lugares de interés, y podremos estar juntos, que es lo principal, así que… –hizo una pausa– ¿Lissa? ¿Qué ocurre?

Ella lo estaba mirando fijamente, confundida.

–¿Quieres…? –tragó saliva, sintiendo un nudo en la garganta–. ¿Quieres que te acompañe?

–Pareces sorprendida –dijo él, mirándola y tendiéndole una mano sobre la mesa–. ¿Pensaste que era esto todo lo que quería?

Despacio, como atontada, ella le puso una mano sobre la suya y él la agarró. Pudo sentir la calidez de los dedos de él sobre los suyos y la angustia se apoderó de ella. Se recordó que debía tener cuidado.

Xavier la deseaba, la deseaba para algo más que lo que habían disfrutado hasta el momento. No sabía para cuánto más la deseaba, solo sabía que él le había dicho que la fantasía todavía no se había terminado.

Si solo...

Se preguntó cómo podría, cómo podría comenzar a viajar con él. Aquellos días que había tenido habían sido tiempo robado a la realidad de su vida... La varita mágica de Armand le había quitado todas las cargas que ella tenía sobre su espalda, permitiéndole tener aquel maravilloso espacio de tiempo con Xavier.

Pero Armand regresaría.

No sabía si traería consigo las noticias que ella tanto deseaba oír. Solo podía esperar.

Nunca antes le había parecido tan dura la promesa que le había hecho a él de no telefonear.

La emoción se apoderó de ella y apartó la mano de la de Xavier.

—No lo sabía —dijo, preocupada—. No sabía que tú querías más de lo que hemos tenido aquí.

—Yo tampoco lo sabía, *cherie*. Pero ahora... —la voz de él cambió— lo sé. Lo tengo muy claro.

Lissa no podía decir nada ante aquello. No iba a estropear aquel precioso momento. Levantó la vista y miró a Xavier. No iba a poder tenerlo durante mucho tiempo, pero durante el tiempo que fuese iba a disfrutar de aquello cuanto pudiera. Al encontrarse sus miradas, algo se derritió dentro de ella.

—Gracias —dijo en voz baja e intensa—. Gracias por pedirme que vaya contigo.

No podía decir nada más, solo podía mirarlo. Él dejó su taza de café sobre la mesa y se levantó abruptamente. Le tendió una mano a Lissa… imperativamente… exigentemente…

Incitantemente.

—Ven —dijo.

Ella se levantó, sintiendo cómo se le había acelerado el pulso, permitiendo que él la llevara donde quería llevarla… a un lugar al que ella siempre querría ir. Al lugar en el cual deseaba con todas sus fuerzas estar, más que en ningún otro sitio. En sus brazos.

Lissa apagó la ducha y se arropó con una gran toalla. Estaba preocupada.

Xavier la quería… la deseaba. Lo sabía. Lo podía sentir cada vez que él la abrazaba. Y había dicho que quería llevarla consigo cuando tuvieran que marcharse de la isla.

Pero se preguntó cómo podría hacer eso ella, cómo podría hacerlo hasta no saber… hasta que Armand no la telefoneara…

Se dijo a sí misma que seguro que telefoneaba en poco tiempo. ¡Estaba desesperada!

Entonces se dirigió a la habitación. Todavía era temprano y Xavier estaba dormido. Se acercó a mirarlo y se sintió invadida por las emociones, emociones fuertes y agobiantes, conflictivas y confusas.

Casi acercó la mano para tocar un mechón de pelo que este tenía sobre la frente. Pero en ese momento su teléfono móvil sonó y ella se dio la vuelta apresuradamente para agarrar su bolso y tomar su teléfono. Lo sacó y lo puso en vibración para que no siguiese sonando. Entonces, después de comprobar que Xavier seguía dormido, salió a la terraza para responder.

Estaba extremadamente nerviosa.
Era Armand. Lo sabía. Tenía que serlo.
Respondió a la llamada.

Xavier se despertó. Durante un momento no supo qué le había despertado, pero entonces se dio cuenta. Había sido un teléfono sonando.

Miró a su alrededor y vio su teléfono sobre la mesilla de noche. Comprobó la pantalla, pero no había ningún mensaje informando de una llamada perdida.

Entonces levantó la mirada y vio a Lissa en la terraza, arropada con una toalla. La veía de perfil y pudo ver que sujetaba un teléfono en su oreja. No estaba diciendo nada, pero su expresión…

Tensa, tirante.

Él mismo se puso nervioso, preguntándose quién le habría telefoneado. Y por qué.

Pero, repentinamente, la expresión de ella cambió. De tensa a alegre… su cara reflejó alegría y emoción.

En ese momento habló y él pudo escuchar…

–¡Oh, eso es maravilloso! ¡No me lo puedo creer! ¿Estás seguro? ¿Estás completamente seguro?

Hizo una pausa para escuchar la respuesta y entonces se rió. Era una risa de felicidad. Más que felicidad.

–¡Armand… siempre te querré por lo que has hecho! No me puedo creer lo contenta que estoy. ¡Es simplemente tan maravilloso!

Hizo de nuevo una pausa con la felicidad reflejada en la cara. Pero entonces su expresión cambió de nuevo. Xavier pudo verlo… pudo verlo con sus propios ojos. Los ojos de ella se abrieron como platos y el asombro se apoderó de su expresión.

–Oh, Armand… ¿es cierto? ¿Lo dices de verdad? ¿Matrimonio? ¡Es un sueño hecho realidad! ¡Sí! ¡Sí, desde luego! Desde luego que sí. En cuanto quieras. ¡Lo más pronto posible! –exclamó, riéndose, radiante de felicidad–. Cuéntamelo todo, todo.

Lissa comenzó a caminar y se alejó del campo de vista de él. Ya no podía oírla. Pero ya no necesitaba oír nada más. No necesitaba ver nada. Había visto y oído suficiente. Miró a su alrededor sin ninguna expresión reflejada en los ojos. Ni en su cara.

Pero en su corazón ardía la furia.

Implacable.

Mortífera.

Cuando Lissa regresó a la habitación, invadida por la felicidad, vio que esta estaba vacía. Tenía el corazón tan alegre, que pensó que le iba a reventar. Aquella llamada telefónica de Armand había sido todo lo que ella había deseado oír. ¡Y mucho más!

Se le iluminaron los ojos.

Matrimonio… se preguntó si verdaderamente era lo que Armand había planeado. Él había sido muy firme, muy categórico, y ella sabía que ante aquella propuesta solo había una respuesta. Se estremeció de felicidad.

Se vistió y volvió a salir a la terraza apresuradamente, dirigiéndose entonces al porche principal que daba al salón de la villa. La mesa ya estaba preparada para el desayuno, pero Xavier no estaba allí. Supuso que estaría realizando llamadas telefónicas de negocios, como normalmente hacía.

Xavier...

Se lo iba a tener que contar.

Le iba a tener que contar por qué le iba a tener que dejar.

Armand, Xavier...

Respiró profundamente. Iba a tener que soportarlo... no tenía otra opción. Sería duro, pero lo tenía que hacer. Y, por lo menos en ese momento, sabía cuáles eran los planes de Armand.

Y ello hacía que sus propias decisiones fuesen mucho más fáciles de tomar.

Se sentó a la mesa y tomó la jarra de zumo de naranja. El ama de llaves se acercó para comprobar que todo estuviera bien. Lissa sonrió y le dio las gracias, como de costumbre, por haber preparado el desayuno. La mujer asintió con la cabeza y se retiró.

Se preguntó dónde estaba Xavier. No era justo no contarle lo que había ocurrido en cuanto pudiera.

Miró el hermoso paisaje que tenía delante de ella, con aquellos altos pinos, el mar...

Era perfecto. Era bello.

Entonces oyó unas pisadas tras de sí y giró la cabeza.

Se quedó impresionada.

Era Xavier, había sabido que sería él. Pero este no iba vestido con la ropa de sport que solía llevar en la isla, sino que llevaba un traje de chaqueta y corbata. La consternación se apoderó de ella.

Él había dicho que no iba a regresar a París hasta el día siguiente y ella había pensado que tenía hasta entonces para disfrutar de él.

–¿Nos marchamos hoy? –preguntó, ansiosa y afligida.

Él no contestó, sino que se sentó a la mesa... en el otro extremo. Lissa observó cómo se servía café. Sintiendo el familiar estremecimiento que siempre se apoderaba de ella al fijarse en Xavier, pensó que siempre había sabido lo atractivo que estaba él vestido con traje, pero verlo de aquella manera vestido tras dos semanas viéndolo con ropa deportiva le hacía estar no solo atractivo... sino formidable.

Distante.

–Xavier... ¿qué pasa? –no pudo evitar preguntar. Algo había ocurrido y sintió una presión en el pecho.

Entonces él la miró y ella sintió como si la atravesaran con una espada. Él permaneció en silencio, mirándola de manera penetrante. Lissa se estremeció.

–Xavier... ¿qué ocurre?

–La lancha te llevará a Niza y hay un billete de avión reservado para ti hacia Londres –dijo por fin él con una extraña y tensa voz.

–¿Londres? ¿Hoy? Pero yo pensaba... –Lissa dejó de hablar, sintiendo un vacío dentro de ella.

Xavier levantó una ceja, esbozando una taciturna expresión.

–¿Pensaste? Ah, sí... pensaste –repitió, agarrando su taza de café y bebiendo un trago. Volvió a dejar la taza sobre la mesa y miró a Lissa.

Pero sus ojos no reflejaban ninguna expresión.

–¿Quieres que te diga lo que pensaste? ¿Sería gracioso, *non*? Porque está claro que tú querías divertirte. ¿Cómo es esa expresión inglesa? ¿Cuando el gato está ausente el ratón juega?

Xavier pensó que ella había jugado muy bien su juego hasta aquel momento. En realidad... estupendamente.

Le había engañado completamente.

La furia se apoderó de él. Luchó contra ella, ya que aquel no era el momento de dejarse llevar por ella. Y Lissa no era la única destinataria de su furia.

Parte de ella iba dirigida a él mismo.

Por haber sido un estúpido.

Si pensaba en ello, le sorprendía lo estúpido que había llegado a ser. Tenía que controlar la rabia que le estaba carcomiendo por dentro o le acabaría devorando. Y no iba a permitir que eso ocurriera. No le iba a dar a ella la satisfacción de verlo.

Solo había una manera de hacer aquello... y era ejerciendo un preciso y absoluto control.

La observó sin ninguna emoción reflejada en los ojos. La cara y los ojos de ella estaban comenzando a reflejar algo... aquellos preciosos y brillantes ojos de ella que habían mirado a los suyos tan abierta y ardientemente...

No... aquello no estaba permitido.

Se percató de que lo que reflejaba la cara de Lissa era confusión.

Pensó que ese era el siguiente juego de ella. Esperó para ver qué decía... y dijo lo que él suponía que diría.

—Xavier... no comprendo. No entiendo lo que estás diciendo... ¿Qué está pasando?

La voz de ella era tensa, reflejo de la ansiedad que estaba sintiendo, pero él pensó que Lissa estaba tratando de mostrar las emociones adecuadas dado el momento.

Al igual que la pasión y el deseo que le había mostrado... pasión y deseo hacia él solo...

¡No!

—¿No comprendes? —dijo él sardónicamente—.

¿Cómo puede ser? Vas a regresar a Londres. Eso es lo que quieres, ¿no es así? Después de todo, necesitas estar de vuelta en tu lúgybre casa, de la cual saldrás para casarte con un hombre guapo y joven.

Observó cómo la expresión de confusión se acentuaba en la cara de ella, que fue a decir algo. Pero se lo impidió. Volvió a hablar con el mismo tono sarcástico que había utilizado antes.

—De hecho, ya está todo planeado, ¿cierto? Armand te ha propuesto matrimonio y es «un sueño hecho realidad» y «lo querrás para siempre por ello»... ¿*non*?

Ella comenzó a comprender. Xavier había escuchado su conversación telefónica.

—Xavier —se apresuró a decir—. Te lo puedo explicar.

Él esbozó una sonrisita que le heló la sangre en las venas a Lissa.

—Desde luego —concedió—. Seguro que tienes una explicación muy convincente. Y seguramente que muy conmovedora también. Supongo que me explicarás que Armand es... ¿qué podríamos decir...? ¿Un viejo amigo? ¿Un antiguo amante que todavía siente algo por ti y cuyos sentimientos no quieres herir? ¿O quizá es alguien que está enamorado de una amiga tuya y tú estás jugando a ser la celestina? ¡Quién sabe qué más te puedes inventar para entretenerme! Quizá incluso debería permitirte intentarlo. Pero *hélas, le temps c'est pressant*, y yo tengo una apretada agenda que cumplir hoy. Comenzando, por supuesto, por apartarte de mi vida y también de... —hizo una pausa— la de Armand.

Lissa no podía articular palabra. No podía decir

nada. Solo podía mirarlo con el horror y la incredulidad reflejados en los ojos.

—¿No creerías realmente... —continuó él sin dejar de mirarla— que iba a permitir que arruinaras la vida de mi hermano casándote con él?

Ella emitió un pequeño sonido, incoherente y tenso. Él lo ignoró, así como también ignoró la expresión de los ojos de ella. Pensó desde luego que estaría horrorizada... de un golpe todos sus sueños de casarse con un hombre rico se habían evaporado. Un matrimonio con un hombre al cual había engañado incluso antes de que la boda se pudiera celebrar...

—¿Tu hermano? —susurró ella.

Xavier hizo un leve gesto con la mano.

—Sí, Armand es mi hermano —confirmó con una dulce voz, incluso agradable.

Observó cómo la expresión de la cara de ella cambiaba de nuevo... reflejaba más confusión y desconcierto. Estaba horrorizada e impresionada.

—Pero... su apellido es Becaud...

—Como el de mi padrastro.

—Tu hermano... —repitió ella como si todavía no pudiese creérselo—. Pero... ¿por qué?

—¿Que por qué perseguí tener un romance contigo? Para proteger a mi hermano... ¿por qué si no? Cuando él me contó la locura que pretendía hacer y la investigación a la que te sometí reveló que trabajabas como chica de alterne en un lugar que estaba a un paso de ser un burdel, *naturellement* di algunos pasos para protegerle. Te busqué en el casino con esa intención y decidí que la mejor manera de apartarte de él era seduciéndote yo mismo. Tú me respondías y eso era todo lo que yo necesitaba para llevar a cabo mi plan.

La voz de Xavier cambió levemente al decir aquello, pero volvió a controlarla al instante.

—También me sirvió para confirmar que la primera impresión que me llevé de ti era cierta... no eres digna de casarte con mi hermano. Una mujer que se va a la cama tan rápidamente con otro hombre no puede tener sentimientos hacia Armand. Solo... por su riqueza. Dime una cosa... ¿cuánto dinero le has sacado ya? Seguro que lo has hecho, pero me pregunto cuánto.

Ella se quedó blanca y él supo que había dado en el clavo.

—Supongo que será una suma considerable. Y dime... ¿qué conmovedora historia le contaste para lograr su dinero? ¿Quizá le dijiste que ayudabas a alguna causa humanitaria? ¿O que tenías un familiar enfermo necesitado de ayuda? ¿O...?

La voz de él rezumaba desdén.

Un ruido que emitió ella con la garganta le silenció. Estaba completamente pálida. Se levantó a duras penas. Durante un segundo, Xavier sintió la tentación de acercarse a ella y sujetarla para que no cayera al suelo... sujetarla, abrazarla y...

¡No! Se dijo a sí mismo que ya había sido demasiado estúpido. De no haber sido por la casualidad de haber escuchado aquella maldita conversación telefónica, quizá habría continuado creyendo la fantasía que había creado sobre ella. Pero se estaba aclarando lo que era ella en realidad, una mentirosa, una estafadora, una persona desleal y maquinadora... La lista de calificativos no tenía fin.

Pero él no se iba a quedar destrozado. No lo iba a hacer. De todo aquello iba a salvar algo, algo que no tenía ningún valor, pero era todo lo que podía salvar. Habló de nuevo, eligiendo intencionadamente las palabras.

—Pero mi intervención en interés de Armand no me ha dejado sin compensación.

Lissa se quedó mirándolo mientras el horror le carcomía por dentro. Xavier comenzó a andar hacia ella, quien quería moverse, correr, huir... pero no podía. No era capaz de mover las piernas. Entonces él se puso a su lado, provocando que ella sintiera la calidez de su cuerpo y oliera el aroma de su piel.

También vio el oscuro brillo que reflejaban sus ojos.

Él se acercó a tocarla. Le acarició la mejilla con gran delicadeza.

—Eras muy buena en la cama, *cherie*. Muy buena —dijo con aprobación. Con aprecio—. Quizá te habría llevado conmigo.

Entonces le sonrió y ella se sintió enferma.

—Ya sabes... —dijo él pensativamente— podrías haber sacado un buen partido de ello. Yo habría sido generoso contigo, *cherie*. Tu falta de interés en gastar mi dinero fue muy convincente, conmovedora. Podría haberme gastado una fortuna en ti, aunque tú preferías la seguridad del matrimonio, ¿no es así? Pero mi hermano no es tan rico como yo. ¿No te diste cuenta? ¿No? Armand tiene dinero, *evidement*, pero no se puede comparar, *cherie*, al que tengo yo.

Hizo una pausa, analizando la cara de ella.

—Yo soy el propietario de XeL —dijo suavemente—. ¿Sabes a cuánto asciende mi fortuna?

Entonces le dijo hasta el último céntimo de euro.

Vio lo impresionada que se quedaba ella y una feroz satisfacción se apoderó de él. Ella no lo había sabido. Y claro, en aquel momento, se estaba dando cuenta de que se había equivocado.

–Y, como me has complacido tanto en la cama, *cherie*, ¿quién sabe? quizá incluso me habría casado contigo.

Al observar las emociones que reflejaban los ojos de ella sintió de nuevo una gran satisfacción.

–Tal y como son las cosas... –comenzó a decir, apartando la mano de la cara de ella– la comedia ha terminado.

Sus ojos reflejaron un oscuro brillo y la expresión de su cara se endureció.

–*Belle* –murmuró–. *Quelle dommage*.

Entonces, al quedarse ella allí de pie, inmóvil, sintiéndose enferma, él se acercó a tocarla de nuevo, acariciándole la barbilla y levantándola, momento en el que posó sus labios sobre los de ella. La besó y la saboreó de una manera lenta e íntima.

Cuando terminó de hacerlo, se apartó y se echó para atrás. Su cara era una máscara y el tono de su voz cuando habló fue duro e inexpresivo.

–Vas a regresar a Londres. Le dirás a Armand que, después de todo, no te puedes casar con él. Lo harás por teléfono o por carta. No le verás. Te mantendré bajo vigilancia para asegurarme de ello y, si se te ocurre encontrarte con él, haré que lo impidan. Por el interés de mi hermano, para evitarle más aflicción después de esto, no le contaré nada de tu romance conmigo. Pero... –dijo, levantando una mano– si fuera necesario, lo haría. No te quepa la menor duda. No voy a permitir que te cases con él. ¿Comprendes? –su voz era dura–. ¿Comprendes? –repitió fríamente.

Ella asintió con la cabeza, despacio. Parecía que era lo único que podía hacer.

Eso, y mantenerse erguida, entera, porque se estaba desmoronando por dentro.

—Muy bien —dijo él—. Y ahora… —miró su reloj— te vas a marchar. Tienes diez minutos para hacer las maletas.

Tras decir aquello se marchó.

Lissa se quedó allí, sin moverse.

El tiempo se había detenido. Pero mientras la lancha la alejaba de la isla, podía ver cada vez más lejos la orilla, así que pensó que estaba equivocada y que el tiempo estaría moviéndose…

Pero no dentro de ella. Dentro de ella el tiempo se había detenido. Todo se había detenido. No podía sentir nada, no podía hacer nada. Finalmente la lancha se detuvo y alguien le tendió una mano para ayudarla a bajarse de ella. Entonces vio un coche, en el que se montó. El coche le llevó hacia una ajetreada calle con gente, tiendas, casas, edificios… Cuando llegaron al aeropuerto, alguien la esperaba para acompañarla a facturar las maletas. Le dieron su pasaporte y la hicieron embarcar. No sabía cuánto tiempo había pasado hasta que estuvo sentada en el avión, en un asiento de primera clase. Al despegar, sintió cómo le daba un vuelco el estómago…

Pero cuando el avión comenzó a dirigirse hacia el norte por el cielo, sobre Francia, el tiempo volvió a correr.

Y, al hacerlo, recordó todo.

Recordó cómo Xavier se había acercado a ella aquella misma mañana y la había destrozado por dentro.

Recordó cada palabra que este le había dicho.

Xavier era hermano de Armand. La había investigado. Había tenido una aventura con ella... una aventura perfectamente calculada.

Para separarla de Armand.

Sin ningún otro propósito.

No había estado guiado por el deseo, sino por un frío y calculado fin.

Había hecho que todo, todo lo que había ocurrido entre ambos fuese una mentira. Desde el momento en el que había entrado en el casino... hasta el momento en el que la había apartado de él como si tuviera la peste.

El odio se apoderó de ella, odio hacia el hombre que le había mentido una y otra vez, día tras día, noche tras noche, con cada palabra, con cada caricia.

Hacía un día espléndido en Londres. Mientras se dirigía a buscar su equipaje en el aeropuerto, pudo ver por los grandes ventanales de este cómo brillaba el sol. Heathrow estaba repleto de gente y ella anduvo entre la muchedumbre como un zombi. Al ver su maleta se percató de que no era la vieja maleta con la que había salido de Londres, sino una nueva que habían comprado en París, con el logotipo XeL impreso en letras doradas...

XeL.

Xavier Lauran. X. L.

Nunca se había dado cuenta de ello. No se había percatado.

Pero claro, tampoco se había percatado de que todo lo que había pensado sobre Xavier Lauran había sido una mentira.

No debía pensar, no debía sentir.

Agarró su maleta y se dirigió a bajar al metro. Una vez se hubo montado en un tren, se sentó en un casi desierto vagón como un animal herido. Herido de muerte.

Al llegar a su destino y salir a la calle, vio que nada había cambiado en su vecindario. Su piso estaba igual que siempre, bueno... quizá un poco más lúgubre.

Era como si nunca se hubiese marchado.

Xavier estaba viajando.

París, Munich, Viena, tras lo cual tuvo que ir a Hong Kong, Kuala Lumpur, Singapur, Manila, Australia, Nueva Zelanda. Entonces, tuvo que dirigirse a Nairobi y a El Cairo.

No paraba, ni hacía ninguna pausa. Recorrió tres continentes en tres semanas antes de regresar a Europa. Pero, aun así, no quería parar. Se lo llevaban los demonios y, por lo tanto, no quería dejar de trabajar, quería solamente pensar en trabajo, negocios, reuniones e informes, datos y previsiones de ventas. No importaba en qué pensar, simplemente importaba tener la mente ocupada para no tener que pensar en nada más y así no sentir.

No se vio con nadie aparte de los socios de negocios con los que tenía que encontrarse. Se hospedó en habitaciones de hotel y no aceptó ninguna invitación. Solo salía para realizar negocios.

Se apartó de todo lo que no fuera trabajo. Amigos, familia... sobre todo familia.

No se puso en contacto con Armand; delegó en

otros toda comunicación con él con respecto a XeL. Armand todavía estaba en América y eso era lo importante. Eso y el hecho de que Lissa Stephens no había hecho ningún intento de ir con él. Los informes que recibía sobre ella, que se reducían a informarle de que no había salido de Londres, le tranquilizaban sobre ese aspecto. Lo que estuviera haciendo ella, siempre y cuando no estuviera con su hermano, a él no le importaba.

Porque ella había dejado de existir. Era como si nunca hubiese existido, como si nunca se hubiese reído de él, como si nunca le hubiese dejado aquel incoherente mensaje diciéndole que estaba libre para tener una relación con él.

Ella había sido muy convincente y le había hecho creer que, fuese lo que fuese lo que hubiese pasado entre Armand y ella, ya había terminado.

El falso idilio que habían tenido en la isla había supuesto para Lissa Stephens una manera de pasar el tiempo hasta que Armand le había pedido que se casara con él. Y ella había aceptado, había aceptado sin dudar ni un segundo...

El odio que sintió hacia ella le invadió el cuerpo. Lo que estaba sintiendo tenía que ser odio, él no iba a aceptar otra cosa. Aquella mujer había manipulado y engañado tanto a su hermano como a él, se había reído de ambos.

Sí, odio era todo lo que debía sentir por ella.

Nada más.

Lissa estaba introduciendo el número de ventas y los precios de los productos en una hoja de cálculo. Requería mucha concentración y estaba agradecida por ello ya que, de aquella manera, mantenía la mente ocupada.

Y era esencial que se mantuviera ocupada. Se concentraba en todo, en el trabajo que estaba haciendo, en la comida que compraba, en la limpieza de la casa, en el libro que estaba leyendo, en el programa de televisión que veía, en la calle por la que andaba... cada actividad que hacía ocupaba toda su mente, no permitiendo que pensara en nada más. En absolutamente nada.

Porque si, por un segundo, fallaba y no tenía su mente ocupada... llegaban.

Llegaban los recuerdos, sueños que eran incluso más falsos de lo que había sido la realidad. Que eran tan falsos como lo había sido Xavier Lauran.

Se preguntó cómo lo iba a poder soportar, pero se dijo a sí misma que lo iba a tener que hacer porque no le quedaba otro remedio.

Continuó mecanografiando, manteniéndose concentrada, ocupada.

El tenue timbre de su teléfono móvil era apenas audible. Lo tenía programado para que sonara muy bajo, ya que en las oficinas en las que estaba trabajando no les gustaba que los empleados recibieran llamadas personales mientras trabajaban. Pero Lissa ignoraba esta pequeña regla. Necesitaba tener su teléfono móvil encendido.

Apresuradamente, agarró su teléfono móvil del cajón de su escritorio y lo puso en el modo de silencio. A continuación, se lo metió en la manga de su camisa. Entonces se levantó y se dirigió al cuarto de baño de señoras. Al llegar a los lavabos los recuerdos se apoderaron de su mente.

Había estado en aquella misma posición, en

aquella misma compañía de seguros, mientras había telefoneado a XeL para ponerse en contacto con Xavier Lauran y decirle que, después de todo, podía tener una aventura amorosa con él.

Había sido tonta.

Respiró profundamente y apartó aquellos recuerdos de su mente. Entonces atendió al teléfono. Ya había parado de sonar, pero lo que había recibido había sido un mensaje.

Todo arreglado para la boda este fin de semana. Un mensajero te hará llegar tu billete de avión. A.

Cerró el teléfono. Una feroz satisfacción se reflejó en su cara. Xavier Lauran había destruido muchas cosas, pero aquello... aquello no lo podía destrozar.

Capítulo 11

XAVIER se puso el cinturón de seguridad en el helicóptero. Entonces asintió con la cabeza ante el piloto y tomó sus auriculares para silenciar el ruido que haría el aparato al despegar del aeropuerto de Niza.

Había estado en Seúl cuando su madre le había telefoneado desde las Maldivas, donde Lucien, su marido, y ella habían estado de vacaciones. Había parecido estar muy contenta, pero lo que le había dicho le había dejado helado.

—Cariño, debes regresar a casa a tiempo. Ha sido muy inesperado y podría estar muy enfadada con él por haberlo hecho así. Pero Lucien y yo vamos a tomar el próximo vuelo que podamos y tú también deberías estar allí. Dice que estarán allí el sábado... ¿podrías llegar a tiempo? Oh, es tan pronto. Debería regañar a tu hermano por habernos avisado con tan poco tiempo. Ni siquiera conozco a la chica. Y ahora me dice que la boda está preparada. ¿Cómo puede ser? No he podido hacer preparativos. Hay cientos de personas a las que invitar, pero el sinvergüenza dice que no quiere invitar a nadie... solo a la familia. Dice que su novia quiere una boda tranquila, pero no dice por qué. Y, Xavier, cariño, esto es lo que más me preocupa... dice que, aunque quizá ella no sea la mujer ideal que yo hubiese querido para él, la ama. ¿Qué querrá decir con eso? ¿Qué tendrá de malo la chica para que yo no quisiera que se casara con Armand? Oh, Xavier, cariño, por favor, llega a tiempo... prométeme que lo harás.

Él le había dado su palabra a su madre.

El helicóptero se dirigió hacia el este, hacia la casa de su madre y de su padrastro en Menton.

No comprendía cómo Lissa había logrado esquivar a su equipo de seguridad, que la habían tenido controlada, ni cómo había logrado verse con Armand.

Pero eso ya no importaba, lo que importaba en aquel momento era llegar a casa de su madre antes de que su hermano arruinase su vida casándose con una mujer con la que no debía casarse.

Se sintió furioso y pensó que le tenía que haber advertido a Armand sobre ella, le tenía que haber dicho lo que era, lo que había hecho... calentar la cama de su propio hermano.

Pero en vez de eso había confiado en que la amenaza que le había hecho a ella hubiese surtido efecto y así no haber herido tanto a su hermano... pero la muy desgraciada le había tomado el pelo de nuevo.

Se preguntó si llegaría a tiempo para impedir la boda, ya que el vuelo desde Seúl había sido retrasado, por lo cual había tenido que volar hasta Tokio y, desde allí, hasta París. Iba muy mal de tiempo. Finalmente divisó Menton, que estaba cerca de la frontera italiana. Que el helicóptero aterrizara en el jardín de la villa de su madre y de su padrastro iba a ser muy arriesgado, pero se podía hacer. Tenía que hacerse.

El piloto aterrizó con gran destreza y Xavier salió del helicóptero en un segundo, apresurándose a entrar en la casa. Al hacerlo, vio cómo varias figuras se aproximaban a las puertas del porche principal de la villa para ver quién llegaba. Pudo ver a su padrastro, Lucien, y a su madre, acompañados por un cura.

Y a Lissa.

Se sintió invadido por unas embriagadoras emociones. Se acercó a ellos.

Lissa estaba allí de pie, tan rígida como una estatua. Iba vestida con un vestido de color marfil con adornos florales en amarillo. Lo combinaba con unas delicadas sandalias. Llevaba un ramillete de flores en la mano, así como una fresca flor adornando su pelo.

Estaba impresionantemente bella.

Inocente.

Como una novia.

—¡Xavier! —exclamó su madre, emocionada—. Has llegado a tiempo. Estupendo —dijo, tendiéndole los brazos y besándole en las mejillas. Parecía muy feliz.

Xavier sintió cómo le daba un vuelco el corazón. Su madre no lo sabía, ¿cómo iba a saberlo? Miró a Lissa, con su inocente y bello aspecto, y se preguntó cómo iba nadie a sospechar lo que era ella en realidad.

Su padrastro se acercó a saludarle, presentándole al cura. Xavier contestó automáticamente, buscando con la mirada a su hermano, pero no lo vio. Entró dentro de la villa.

—¿Dónde está Armand?

—Ahora viene —contestó su madre—. Sé que no es lo normal, pero...

—Tengo que hablar con él, a solas —interrumpió Xavier.

—Cariño, no creo que haya tiempo —dijo su madre un poco vacilante.

—Después, muchacho, después —concedió Lucien, asintiendo con la cabeza.

—No comprendéis. Este matrimonio no puede llevarse a cabo —dijo Xavier, mirándolos a los dos.

Entonces se oyeron gritos de consternación. Pero no de Lissa, que permaneció allí de pie sin mostrar ninguna emoción.

Xavier se dijo a sí mismo que quizá sí que estaba mostrando alguna emoción, reflejada en lo más profundo de sus ojos... algo que él no identificaba.

Se forzó a no mirarla, ya que la belleza de ella le obnubilaba...

—Xavier... —estaba diciendo su padrastro— ¿qué quieres decir con eso? Está todo preparado. Ha sido muy precipitado, hay que reconocerlo, pero...

—*Monsieur* Lauran —dijo el cura—. Le aseguro que todo está en orden. Me han autorizado a realizar la ceremonia aquí debido a las particulares circunstancias...

Xavier pasó de largo, no escuchando lo que le estaba diciendo el cura. Lo que le dijera era irrelevante, así como también lo era lo que le dijera su padrastro.

—Armand no puede casarse con esta chica. ¡No hay nada que discutir al respecto!

—Cariño, no digas eso —dijo su madre, inquieta—. Sí, hay dificultades, desde luego, pero...

Xavier hizo un gesto despectivo con la mano.

—¿Dificultades? Hay más que dificultades... hay imposibilidades —dijo, mirándolos a todos. Respiró profundamente, consciente de que aquello iba a ser duro. Pero tenía que hacerlo.

Tenía que decirles a sus padres y a su hermano por qué Armand no se podía casar con Lissa Stephens. Sería doloroso, violento, penoso... pero tenía que hacerlo.

–Este matrimonio no se puede celebrar –dijo–. Por una razón muy importante. Una razón que le revelaré a mi hermano.

Miró a Lissa, que aparentaba estar muy calmada, aunque parecía que tenía sobre ella como un aura de tensión. La miró a los ojos... era duro, pero tenía que hacerlo.

–¿Qué piensas? –preguntó, dirigiéndose a ella–. ¿Crees que este matrimonio debe celebrarse? ¿Crees que la novia de mi hermano va a hacerle feliz?

–Sí –dijo ella–. Creo que este será un matrimonio muy feliz.

Aquella respuesta le dejó a él sin aliento debido al descaro que implicaba.

Lissa no dejó de mirarlo a los ojos y él frunció el ceño.

–¿Eso crees? ¿Crees que mi hermano será feliz, casado con una mujer que no es más que una...?

Las puertas que había tras ellos se abrieron repentinamente y Xavier se dio la vuelta. Al hacerlo se le heló la sangre en la venas.

Armand estaba allí, acercándose a ellos. Pero lo estaba haciendo despacio, muy despacio. Y era porque estaba ayudando a la figura que le acompañaba.

Ella era muy delicada, casi etérea. Iba vestida con un largo vestido blanco, muy sencillo. Llevaba el pelo rubio suelto. Agarraba con una delgada mano el brazo de Armand.

Andaba cojeando, arrastrando las piernas muy despacio. Pasito a pasito.

Era muy bella, pero su cara mostraba dolor y tensión. Sus ojos reflejaban la concentración a la que estaba sometida para poder andar mientras Armand la ayudaba.

Se había creado un completo silencio en la sala.

Entonces, como ante una señal tácita de Armand, su padre agarró una mecedora y la acercó a los novios. Armand ayudó a la chica a sentarse en ella.

—Te dije que lo haría —dijo la muchacha, mirando a Armand—. Te dije que iría andando a mi propia boda.

Él la miró con mucho cariño.

—Y lo has hecho —dijo—. Y cada día te pondrás más fuerte. Ya verás.

Ella sonrió, haciéndolo más abiertamente al mirar a los padres de Armand, al cura y a Lissa. Entonces miró a Xavier. Armand siguió la mirada de su novia y, repentinamente, se percató de que Xavier estaba allí.

—¡Lo has conseguido! *Maman* dijo que no sabía si irías a llegar a tiempo, pero lo has hecho. Sabía que no me fallarías.

Entonces le puso a su hermano un brazo por el hombro.

—Ven a conocerla —dijo—. Ven a conocer a la mujer con la que me voy a casar.

Xavier se acercó a ella guiado por su hermano, pero estaba como atontado.

La impresión de todo aquello estaba apoderándose de él despacio, como a cámara lenta. Se quedó sin aliento.

–Lila, este es mi hermano mayor, Xavier. Le gusta cuidar de mí… pero ya no va a tener que hacerlo nunca más, ¿verdad? –dijo Armand, dirigiéndole a Xavier una afectuosa mirada antes de volver a mirar a su novia–. Ahora te tengo a ti para que cuides de mí, ¿no es así?

Volvió a mirar a su hermano y comenzó a hablar en francés repentinamente.

–Esta vez confiaste en mí, Xav… y te doy las gracias por ello, desde lo más profundo de mi corazón –dijo, volviendo a hablar en inglés a continuación–. Soy el hombre más feliz del mundo, Xav… y es por Lila.

En ese momento se emocionó mucho, pero se recuperó y se echó para atrás.

–Lo siento, me acabo de dar cuenta… Xav, hay alguien más a quien debes conocer.

Se dio la vuelta y tendió la mano.

–Esta es Lissa, la hermana de Lila. Cuida de Lila de la misma manera en la que tú cuidas de mí, Xav. Ha sido una hermana fantástica… no sabes cuánto –dijo, respirando profundamente–. Pero dejemos la charla para después. Primero… –volvió a mirar a Lila–. Primero tengo una novia a la que convertir en mi esposa.

Se puso al lado de la mecedora, y tomó la mano de Lila. Entonces miró a su hermano.

–¿Querrás ponerte a mi lado, Xavier? –preguntó.

Con las piernas agarrotadas por la tensión, Xavier se acercó a acompañar a su hermano. Al hacerlo, se percató de que Lissa se había puesto al lado de su hermana. Su bonito vestido de dama de honor combinaba perfectamente con el de la novia. No podía mirarla. No podía hacer nada. No podía pensar con claridad. Vio cómo su madre y su padrastro se acercaban, sonrientes. El cura carraspeó, sacando un devocionario de su sotana. Entonces, comenzó la ceremonia.

—Queridos hermanos, estamos aquí reunidos, ante los ojos de Dios, para unir a este hombre y a esta mujer en santo matrimonio...

La ceremonia fue corta, pero para Xavier pareció durar más de lo que podía soportar.

Al anunciar el cura que su hermano y su novia ya eran marido y mujer, sus padres se acercaron a ellos. Su madre abrazó entonces a su nueva nuera.

—Queridos, estoy tan contenta por ambos —dijo, emocionada.

Entonces fue el turno de Lucien, que le dio un beso en la frente a Lila.

—Mi hijo es un hombre muy afortunado —dijo, embargado también por la emoción.

Armand y su esposa estaban rebosantes de felicidad.

Xavier se dio la vuelta. No podía mirarlos pero, al apartar la vista, se encontró con la demoledora mirada de Lissa.

Ella se acercó a los recién casados y a los padres de Xavier. Armand tomó a su esposa en brazos y ella lo abrazó por el cuello, muy contenta. Todos se dirigieron hacia las puertas que daban al comedor. Xavier y Lissa fueron los últimos en hacerlo y, al quedarse rezagados en la pequeña entrada que había antes del comedor, él la agarró de la muñeca.

—Tengo que hablar contigo —dijo, emocionado.

—¿Para decirme qué? —preguntó ella con dureza–. ¿Qué puede haber todavía que no me hayas dicho?

–¿Por qué no me lo dijiste? ¿Por qué no me dijiste la verdad?

Lissa apartó la mano, como si el contacto con él fuese venenoso. Los novios, acompañados por los padres de él y el cura, ya se habían sentado a la mesa y Xavier pudo oír cómo descorchaban una botella de champán. Se oían voces y risas. Una mezcla de francés e inglés.

Agarró de nuevo la muñeca de Lissa, sacándola por la fuerza de la casa y llevándola al porche.

–¡Suéltame!

–Tengo que hablar contigo. ¿Por qué no me dijiste la verdad?

–¿La verdad? Tú no te habrías percatado de la verdad ni aunque te hubiese mordido. Tu enrevesada mente lo creó todo… lo elaboraste todo. Una sucia chica de alterne le había echado las garras a tu hermano y eso era todo lo que necesitabas saber. Todo en lo que te molestaste en averiguar.

–Mi equipo de seguridad solo descubrió que eras tú la que vivía en aquella dirección… no vieron a nadie más saliendo o entrando de la vivienda.

–Eso fue porque mi hermana ni entró ni salió. Ella estaba en una silla de ruedas, encerrada dentro de casa. Las únicas veces que salía era cuando yo la llevaba al hospital para la terapia –explicó Lissa, enfurecida.

–Te vieron abrazando a mi hermano en la puerta de tu casa…

–Él estaba siendo muy amable. Sabía lo disgustada que yo estaba por Lila… estaba tratando de consolarme. Tu hermano sabía que yo estaba cansada y desesperada, ya que no importaba lo duro que trabajara... incluyendo aquel inmundo trabajo que tuve que aceptar en el casino... nunca ganaba suficiente. Y, permíteme que te diga, señor moralmente puro, que no hay muchos trabajos que puedas hacer durante las noches por los que paguen lo suficiente. Habría limpiado oficinas si hubiera podido, pero por el trabajo en el casino me pagaban mejor y tenía que hacerlo incluso si significaba tener que soportar que algunos malnacidos trataran de contratarme privadamente...

Se le apagó la voz, pero volvió a recuperarla al instante.

–No importaba lo duro que trabajara –repitió amargamente–. Trabajaba en oficinas durante el día y aquel horrible trabajo en el casino por la noche... y, aun así, no podía reunir ni la mitad siquiera del dinero que necesitaba.

–¿Qué quieres decir? ¿Por qué tenías que...?

No terminó de preguntar.

–No tengo nada que decirte. Nada. Y ahora... –dijo, levantando la barbilla– voy a entrar dentro. Es la boda de mi hermana y nada va a arruinarla. Sabía que estarías aquí y sabía lo que intentarías hacer... pero también sabía que no lo conseguirías. A Armand no le importa que su esposa casi no pueda andar, así como tampoco le importa que yo fuese una chica de alterne. Así que no hay nada que puedas hacer. Aparte de irte al infierno. ¡Vete al infierno!

Capítulo 12

LISSA se apresuró a entrar en la casa. El corazón le latía aceleradamente la. Había sabido que él llegaría a tiempo para la boda, a tiempo para tratar de detenerla. Pero también había sabido que no lo iba a lograr, ya que el amor que se tenían Lila y Armand era demasiado fuerte.

Estaba temblando. Había estado muy nerviosa desde que había llegado a aquella impresionante y hermosa villa. Se apresuró a dirigirse al lavabo para las visitas, ya que necesitaba recobrar la compostura antes de reunirse con los recién casados. Tenía que esconder todo lo que sentía hacia Xavier Lauran. Para Armand y para sus padres ellos se acababan de conocer y sabía que no debía decirle a Armand lo que había hecho su hermano.

Armand había logrado el milagro que le había ocurrido a su hermana. El milagro por el que ella había rezado tanto... que la pionera operación de columna a la que se había sometido en una clínica en Estados Unidos saliera bien. Habían logrado reparar el daño que Lila había sufrido en el accidente de coche en el que sus padres murieron.

Le había costado mucho no haber viajado a Estados Unidos con ellos para la operación, pero el amor que ambos se tenían la tranquilizó. Recordó cómo se le habían iluminado los ojos a Armand al ver a su hermana en la silla de ruedas en el hospital por primera vez.

–Armand te informará de cómo ha ido la operación… y todo irá bien. Lo sé. La próxima vez que me veas, Lissa –había dicho su hermana al despedirse de ella en el aeropuerto– quiero estar de pie… andando. Te prometo que estaré andando. Me dará más determinación saber que te lo he prometido.

Y había mantenido su promesa. Cuando había visto a su hermana del brazo de Armand al llegar a la villa para la boda, había sabido que iban a ser felices.

Salió del lavabo y se dirigió al comedor. Xavier ya estaba allí sentado y evitó mirarlo, dándole gracias al cielo de que el asiento reservado para ella estuviera entre Armand y su padre. Xavier estaba entre Lila y su madre.

Sonrió y murmuró algo sobre que había estado refrescándose. Miró a su hermana y sintió un nudo en la garganta de la emoción debido a la milagrosa transformación que había sufrido esta. Había sufrido tanto, había tenido que soportar tanto dolor, cautiva en su silla de ruedas sin esperanza de poder volver a andar…

Alguien que dio repetidamente con un cuchillo en un vaso captó su atención y agarró la copa de champán que un miembro del personal le había colocado delante.

Armand se levantó, con su copa de champán entre las manos, y miró tiernamente a Lila, quien lo estaba mirando a él como si fuera el sol que iluminaba su vida.

–Quiero hacer un brindis. Por mi adorable esposa –dijo él, volviendo a mirarla con amor–. Por ella, porque me ha hecho el hombre más feliz sobre la faz de la tierra. Y por mis padres, por recibirla como a una hija. Pero también quiero brindar por una persona muy especial.

Armand miró entonces hacia Lissa, y esta se percató de que se estaba refiriendo a ella.

–Por mi maravillosa nueva *belle-soeur*. Y, desde luego que es una «hermana muy bella», no solo en su belleza exterior, sino también, y lo que es mucho más importante, en su belleza interior.

Hizo una pausa y miró a sus padres y a su hermano.

–Ya conocéis la terrible tragedia que le ocurrió a la familia de mi esposa… y a mi esposa –dijo con voz triste–. No voy a ahondar en ello ahora, aquí en la felicidad de este día, pero quiero brindar por los suegros a los que desafortunadamente nunca conoceré… y quiero darles las gracias desde lo más profundo de mi corazón por la hija que tuvieron, Lila, que se salvó para mí del accidente que les costó la vida a ellos. Y también quiero darles las gracias por Lissa.

En ese momento, la voz de Armand cambió y se volvió firme.

–Lissa, cuya fuerza y coraje ayudaron mucho a la recuperación de su hermana tras aquel fatídico accidente de tráfico. Lissa, quien ha trabajado día y noche, sin descanso, para lograr ahorrar el dinero que se necesitaba para pagar la operación en Estados Unidos, operación que era la única oportunidad que su hermana tenía para escapar de la prisión que suponía la silla de ruedas.

La voz de Armand cambió de nuevo, volviendo a reflejar tristeza.

–Ha sido un gran privilegio para mí haber podido quitarle esa carga a ella... llevar a Lissa a Estados Unidos para que la operación fuera posible, encontrando así mi recompensa... –continuó, mirando a Lila– el mayor tesoro de mi vida –dijo, dándole la mano a su esposa–. Por Lissa.

Todos repitieron el brindis... pero Lissa se percató de que uno de ellos no lo hizo...

No oyó la voz de Xavier.

–Eres la mejor hermana posible –dijo entonces Lila, soltando la mano de Armand y tomando la mano de Lissa entre la suyas.

Lissa se sintió embargada por la emoción, pero durante el banquete bebió y comió automáticamente. La comida era exquisita, pero fue incapaz de disfrutar de ella. Recordó la última vez que había comido de aquella manera en Francia... en la rústica villa de Xavier.

No podía mirar hacia él. Pero según fue avanzando el banquete, oyó cómo él mantenía una conversación. Le pareció que su voz estaba tensa, pero no quería saberlo, en realidad no quería ni oírlo.

Lo único que sabía era que no iba a permitir que su ignominiosa presencia fuera a estropear, ni siquiera por un segundo, la felicidad de su hermana. Una felicidad que había llegado como un milagro... un milagro hecho posible por la increíble amabilidad y generosidad de Armand. Por su amor y devoción por ella. Armand se había enamorado de Lila... tal y como había esperado ella que ocurriera.

Todo lo que importaba era que Lila estaba feliz.

Su propia felicidad había sido borrada para siempre el día en el que Xavier Lauran le había lanzado su veneno y se había mostrado como era... un hombre hacia el cual solo se podía sentir una cosa.

Odio.

Xavier comió, bebió, conversó educadamente con su madre, con el cura, con su padrastro, incluso con su hermano y su nueva esposa, pero sobre cosas a las que no estaba prestando atención. Para él, aquel banquete fue como una temporada en el infierno. La verdad de lo que había ocurrido lo estaba carcomiendo.

La esposa de su hermano era la hermana de Lissa, no Lissa. Su hermana, que había resultado gravemente herida en un accidente de coche. Todo lo que había hecho Lissa había sido trabajar para ganar dinero y poder ahorrar para la operación de su hermana.

Todo aquello era como ácido atacando su alma.

Tenía que hablar con Lissa. Tenía que decirle que...

Pero entonces se preguntó qué era lo que tenía que decirle, lo único que podía decirle era lo que ella ya sabía, lo que había estado sabiendo durante todo el tiempo.

Se preguntó por qué ella no se lo habría dicho, por qué no se lo habría explicado.

Tenía que hablar con ella... pero no sabía ni cómo ni cuándo.

Finalmente el banquete acabó. El cura se levantó y se despidió de la familia. Su madre y su padrastro le acompañaron al coche. Se quedó a solas con su hermano, con Lissa, y con su nueva cuñada. La tensión se apoderó de él. Tenía que encontrar la manera de apartar a Lissa para hablar con ella en privado. Para su frustración, ella estaba pendiente de su hermana.

–Lila debe descansar un poco –dijo Armand, acercándose a su esposa.

–No… por favor. No estoy muy cansada –le dijo Lila a su marido.

–Ya sabes lo que dijeron en la clínica… solo un poco de esfuerzo cada día, nada más. Tras haber estado inmóvil durante tanto tiempo, debes fortalecer los músculos poco a poco. Y, además… –dijo Armand, dándole un beso en la cabeza a su esposa– quiero que descanses esta tarde para que estés tan guapa como un ángel esta noche para la fiesta.

Entonces miró a su hermano.

–*Maman* se ha conformado con esta ceremonia privada, Xav, pero nada le ha impedido organizar una gran fiesta para esta noche. Incluso con el poco tiempo que ha tenido para organizarla, ha invitado a mucha gente, así que quiero que Lila descanse.

Entonces tomó en brazos a su esposa. Lissa se colocó a su lado.

–Os acompañaré –dijo.

–Cariño… ya no tienes que hacer eso. Ahora tengo a Armand –dijo Lila.

–Xav, ¿por qué no le muestras a Lissa los alrededores? –sugirió Armand–. *Maman* estará acosando a los miembros del personal de servicio para que todo salga bien esta noche y *papa* se encerrará en su despacho para dormir un poco mientras ella lo organiza todo. Así que puedes enseñarle a Lissa los jardines; son preciosos y las vistas desde el cenador son maravillosas.

–Gracias –dijo Lissa con la voz tensa–. Pero

creo que será mejor que descanse en mi habitación.

—No, Lissa, ve con Xavier —dijo Lila, tomando la mano de su hermana—. Armand cree que él necesita relajarse. Está muy cansado del viaje tan ajetreado que ha tenido para llegar a tiempo. Si no te va a enseñar los jardines, irá a sentarse con su ordenador portátil, así que ve con él —luego añadió bajando la voz—: Además… es tan guapo, ¿verdad? Y tú nunca has estado tan preciosa, Lissy.

Entonces apretó la mano de su hermana.

—Oh, Lissy, no me puedo creer lo feliz que soy. Simplemente no me lo puedo creer —dijo, soltando la mano de Lissa a continuación—. Ahora, marchaos.

—Sí… marchaos, marchaos —repitió Armand—. Y no, no necesitas comprobar tus correos electrónicos, Xav. XeL sobrevivirá durante una hora más sin tu atención. Vamos, enséñale a Lissa los jardines.

Xavier se arrimó a Lissa en un instante. Pudo sentir cómo ella se ponía tensa, el asco que sentía hacia él. Pero no le importó. Tenía que hablar con ella. Tenía que hacerlo.

—¿*Mademoiselle*? —dijo formalmente, indicando las puertas francesas que se abrían hacia el jardín.

Forzosamente, Lissa salió al jardín.

—Lissa… no *mademoiselle*. Ahora ya todos somos familia —dijo Lila, riéndose.

En cuanto estuvieron solos, Lissa se dio la vuelta hacia él.

—No voy a ir a ningún sitio contigo.

—¿Quieres disgustar a tu hermana en el día de hoy? —dijo Xavier—. Deberías tener consideración por sus sentimientos en vez de satisfacer los tuyos.

Entonces, la agarró por el codo, como guiándola por el sendero. Pero ella sintió cómo le quemaba la piel ante aquel contacto físico.

La llevó al cenador. Allí estaban solos ante unas vistas maravillosas. En cuanto pudo, Lissa apartó su codo y se sentó en el otro extremo del cenador, pero él se acercó en un instante.

–¿Por qué no me lo dijiste? ¿Por qué no me dijiste la verdad? ¿Por qué me permitiste decirte todas aquellas cosas? ¿Por qué no me las arrojaste a la cara? –quiso saber él.

–¿Por qué debería haberlo hecho? Como ya te dije, tu enrevesada mente lo tenía todo ya decidido. No habrías creído otra cosa. Por si se te ha olvidado, sí que traté de explicártelo. Pero tú simplemente me dijiste con desdén que desde luego que tendría una explicación… una muy conmovedora. Cuando me preguntaste si había logrado sacarle mucho dinero a Armand, supe que habría sido imposible justificarme, ya que Armand ya había gastado dinero en Lila… ella ya estaba en Estados Unidos y él ya había pagado por la operación y por todos los cuidados posteriores que requeriría.

–No me lo puedo creer. No me puedo creer que estés diciendo esto. ¿Cómo puedes pensar que hubiese seguido pensando mal de ti si me hubieses dicho en qué se había gastado Armand el dinero? –Xavier agitó la cabeza–. ¿Tan mala persona crees que soy?

Lissa no contestó y Xavier sintió como si le clavasen un cuchillo en el pecho.

–Dijiste que te contaría cualquier historia… como la de un «familiar enfermo necesitado de cuidados» –le recordó Lissa.

–Pero tu hermana sí que necesitaba ayuda. Ella existía. Era real –dijo él, palideciendo.

–¿Y realmente tú habrías permitido que tu hermano se gastase tal cantidad de dinero en ella? ¿Le habrías permitido que se casara con ella? Me dijiste que yo era una cazafortunas… ¿por qué no iba a serlo Lila también? Vamos, dime, ¿por qué no? Y ella era peor que una cazafortunas, ya que también era una minusválida. No era la novia ideal.

Xavier recordó el correo electrónico que le había mandado Armand… en el que le decía que había encontrado a la mujer de sus sueños.

Sé que habrá problemas, pero no me importa si a ti no te parece que ella es la novia ideal que yo debería tener…

–¿Me crees tan mala persona como para oponerme a que se casara con tu hermana debido a sus lesiones?

–Era lo que les preocupaba a ambos… y no solo por ti, también por los padres de Armand.

–¿Y reaccionaron mi madre o mi padrastro con hostilidad? –exigió saber Xavier.

–No –contestó ella, alzando la barbilla–. Han sido… maravillosos. Le han dado la bienvenida como a una hija.

–Así como yo la recibo como a una hermana… como la esposa de mi hermano. Sería un monstruo si no lo hiciera –entonces miró a Lissa a los ojos–. ¿Sabes cómo me sentí cuando tu hermana entró en la sala, cuando todo lo que creía verdadero, lo que sabía que era cierto, se desmoronó, cuando me di cuenta de lo completamente equivocado que había estado?

—Espero que te doliera, espero que te rompiera por dentro —dijo Lissa.

—Pues puedes darte por satisfecha —Xavier esbozó una mueca—. Y también debes saber que me sentí mucho peor cuando mi hermano nos contó cómo tú habías tratado de ahorrar dinero para pagar la operación de Lila. Pero una vez más te pregunto por qué no me dijiste la razón por la que trabajabas en aquel sórdido lugar. ¿Crees que te habría condenado si hubiese sabido el motivo por el que trabajabas allí? Así que... ¿por qué, por qué nunca me lo dijiste?

—¿Decírtelo? No era asunto tuyo.

—¿Que no era asunto mío? Pasamos dos semanas juntos, ¿no te pareció tiempo suficiente para confiarme algo, lo que fuese, sobre ti?

Lissa se apartó de él, horrorizada.

—¿Confiarte algo? ¿Tú me hablas de confianza? Tú, que eres un malnacido. ¿Cómo se te ocurre decirme eso? ¿Cómo se te ocurre? Lo único sincero que obtuve de ti fue cuando me echaste de tu villa. Entonces obtuve la verdad, entonces descubrí lo que me habías hecho.

Cerró los ojos, incapaz de soportar todo aquello, incapaz de soportar el horror que implicaba.

—Alardeaste de lo que habías hecho —dijo—. Alardeaste de la manera en la que me habías buscado para seducirme y apartarme de Armand. Alardeaste de ello y después me echaste como si yo fuese un desecho humano.

Abrió los ojos de nuevo y vio cómo él palidecía... sintiendo una salvaje alegría apoderarse de ella. La oscuridad empañó sus ojos, su mente... la oscuridad de la furia.

–No fue así –dijo él.

–¡Sí, sí que lo fue! Me lo dijiste… a la cara. Me dijiste lo que habías hecho y que tu único propósito había sido impedir que yo atrapara a tu hermano.

–No –negó él inmediatamente–. No, Lissa… escúchame. Escucha. Las cosas no fueron así.

–¿Quieres decir que no fuiste al casino adrede para buscarme?

–Sí… sí… eso sí que lo hice. Pero…

–Entonces es verdad, ¿no es así? Todo lo que me dijiste aquella mañana en la isla. Todo.

–No.

–Lo acabas de admitir. Acabas de decir que es verdad. Me buscaste adrede, porque pensabas que yo era una mujerzuela no apropiada para casarme con tu hermano.

–No pensaba eso… sino que tenía que descubrir cómo eran las cosas, eso es todo. Lissa, escúchame… tenía razón en tener sospechas para proteger a mi hermano. Él confía demasiado en las personas, es demasiado… crédulo. Ya le había ocurrido antes… una mujer se aprovechó de él. Por lo que, cuando me dijo que había conocido a una mujer con la que pretendía casarse, yo me sentí en la obligación de protegerlo. Fue por eso por lo que te investigué, porque tenía que averiguar qué clase de mujer era la persona con la que mi hermano quería casarse. Tenía que comprobarlo… por mí mismo.

–Y apartarme de tu hermano para así no ser ningún obstáculo para él –dijo ella con la tristeza reflejada en la cara–. Seduciéndome, simplemente para asegurarte, ya que obviamente yo era una chica de alterne de casino, una mujer no apropiada para casarme con tu hermano.

–No fue así –dijo Xavier, respirando profundamente.

–Dices eso una y otra vez, lo dices como un loro. Pero sí que fue así. Y lo has admitido. Así que no trates de negarlo, ya que no tendría sentido.

Lissa tuvo que respirar profundamente a su vez para lograr mantener la calma.

–Así como tampoco tiene sentido que sigamos hablando. Lo acepto... ¿está bien? Acepto lo que has dicho. Tú no lo sabías. Simplemente no lo sabías. Nunca te hablé sobre Lila y tú no eres adivino. Todo lo que viste fue a una mujer que trabajaba de chica de alterne en un casino y que aparentemente estaba teniendo un romance con Armand porque este era rico y estaba tras su dinero. Sabías que tu hermano te había dicho que se quería casar con una chica que tú pensabas que era yo, así que actuaste para proteger a Armand. ¿Cómo voy a culparte por ello? ¿Y cómo te voy a culpar por malinterpretar aquella llamada telefónica de Armand y por asumir que era a mí a quien le estaba pidiendo matrimonio? Y verme aceptar «su oferta de matrimonio» tan alegremente, aunque había estado teniendo una aventura con otro hombre, confirmó ante tus ojos que Armand no significaba nada para mí. No te puedo culpar por pensar eso.

Lissa volvió a respirar profundamente antes de seguir hablando.

–No te puedo culpar por nada, por absolutamente nada. Todo fue una... metedura de pata.

Entonces se dio la vuelta, sintiendo cómo una pesadumbre se apoderaba de ella. Quería odiar a Xavier por lo que le había hecho, pero no podía. Él no la había tratado mal porque fuera ella, la verdadera Lissa, sino que había pensado que era una imaginaria mujerzuela que nunca había existido.

Pensó que debía regresar a la casa, ya que no tenía sentido quedarse allí. Enderezó los hombros, alzó la barbilla y parpadeó para despejar su empañada mirada. Entonces se dio la vuelta.

Xavier estaba todavía allí, mirándola.

Le dio un vuelco el estómago al verlo, como siempre le pasaba... cada vez que lo veía. Dejó de pensar en ello, ya que no tenía sentido. ¿Qué importaba que Xavier Lauran estuviera allí de pie, provocando que a ella se le derritieran las piernas? ¿Qué importaba que una vez la hubiera abrazado, que la hubiera besado, que le hubiera hecho el amor con tanta pasión que ella no había podido ni pensar con claridad? No importaba, ni había importado durante semanas.

Pero se preguntó que, si era así, por qué sentía como si le hubiesen clavado un puñal en el costado.

La respuesta era que hasta aquel momento había estado utilizando el odio que había sentido hacia él con otro propósito...

Para anestesiarse del dolor.

Había sido duro, pero efectivo. Lo suficientemente efectivo como para permitirle seguir con su vida.

Pero iba a tener que abandonar aquel odio. No le podía echar la culpa a Xavier por lo que había hecho. Aquel era el final de la historia. El final del odio.

Pero de aquella manera su corazón iba a quedar expuesto. Sin su odio hacia Xavier Lauran solo quedaría una cosa... y le aterrorizaba.

Tendría que marcharse. Cuanto antes posible. Al

día siguiente. Aquella noche tenía que quedarse para asistir a la fiesta que los padres de Armand iban a ofrecer a la pareja. Pero al día siguiente se marcharía inmediatamente.

Hasta entonces iba a tener que soportarlo.

Levantó la barbilla y vio que Xavier la estaba mirando, pero su cara no reflejaba nada, ni sus ojos tampoco. Y eso era bueno.

–Así que… –dijo ella– eso es todo. Fue una metedura de pata. Eso es todo.

–¿Eso es todo?

–Sí.

Xavier comenzó a acercarse a ella de una manera muy controlada. Lissa se echó para atrás, pero dio contra la pared de piedra del cenador.

–¿Calificas todo lo que pasó entre nosotros como una metedura de pata? –preguntó él.

–Xavier, acabo de decir que no puedo culparte por lo que hiciste. Querías proteger a tu hermano y aquella parecía la mejor forma de hacerlo. Eso es todo.

–¿Eso crees? –preguntó él en un tono de voz calmado.

–Tú mismo dijiste que así habían sido las cosas; me lo dijiste muy claro aquella mañana. El que tú no supieras que yo no era quien creías no significa que esa no fuera la verdadera razón por la que mantuviste un romance conmigo. Lo hiciste para liberar a tu hermano de mí.

Lissa se percató de que los ojos de él reflejaban algo… no sabía qué. Pero no quería mirarlos, no quería encontrarse con la mirada de él. Lo que quería era marcharse, pero Xavier estaba demasiado cerca de ella…

–¿Y qué pasa con esta verdad? –dijo él, tomando la cara de ella entre sus manos.

Lo que Lissa vio entonces reflejado en los ojos de él la hizo temblar... Él acercó su boca a la de ella y la besó de manera sensual y profunda. Sintió cómo comenzaba a derretirse por dentro, pero no debía hacerlo. No debía derretirse por él... nunca más.

–Esta nunca fue la verdad. Fue simplemente una mentira para proteger a Armand de mí.

–¿No comprendes? –exigió saber él, alterado–. Esa fue la mentira, el decirte que había tenido una aventura contigo para separarte de mi hermano. Esa fue la mentira. Porque era la única manera de hacerte pagar por lo que me habías hecho... por traicionarme, eso era lo que yo creía. Nunca fue verdad, Lissa, nunca. Sí, te fui a buscar adrede al casino, pero en cuanto te vi como realmente eras, te deseé. Era horrible pensar que eras la novia de mi hermano y, cuando te pusiste en contacto conmigo para decirme que, como pensé yo, tu compromiso con él se había terminado, te quise para mí. Aparté todo lo demás de mi mente hasta... hasta aquella mañana, cuando mi mundo se desmoronó. Escuchar aquella conversación telefónica, pensar que después de todo regresabas con Armand, estuvo a punto de destrozarme. Perdóname, te lo suplico, por lo que te dije entonces, por todo lo malo que pensé de ti.

Lissa tragó saliva; le dolía la garganta, le dolía el cuerpo. Le dolía todo.

–Con las pruebas que tenías, era razonable que pensaras como hiciste –dijo.

–¿Razonable? –repitió él–. Sí, tienes razón, fue muy razonable que pensara como pensé.

La cara de Xavier reflejaba una extraña expresión.

—Razón, lógica, verdad… todas son buenas palabras. Todas. Eran las palabras que yo empleaba para referirme a ti, Lissa. Desde el principio… cuando supe de ti y vi aquella maldita fotografía que te habían hecho… hasta el final, cuando escuché tu conversación con Armand y te maldije por ello. Apliqué la razón cada vez que te juzgaba… cada vez que decidía algo sobre ti. Esa es la manera en la que he vivido mi vida… con mi cabeza. Siempre mi cabeza. Siempre lógico… siempre siendo racional. Nada más tenía sentido para mí.

Respiró profundamente.

—Pero ya ves… hubo algo que omití tener en cuenta con respecto a ti, Lissa. Algo que debo decirte… algo que he descubierto.

Xavier hizo una pausa y, cuando volvió a hablar, sus ojos y su voz reflejaban una gran claridad.

—Siempre había confiado en la razón, pero no responde a todo. *Le coeur a ses raisons, que la raison ne connaît point*.

Durante largo rato ella se quedó allí de pie, inmóvil, tratando de asimilar aquello.

—¿Necesitas que te lo traduzca? —preguntó él con la voz calmada.

Lissa negó con la cabeza. No podía hablar, solo susurrar.

—El corazón tiene razones que la razón no conoce —logró decir.

Sintió cómo las lágrimas brotaban de sus ojos, cómo brotaban y se derramaban como diamantes.

Xavier la abrazó inmediatamente, reconfortándola.

–Xavier… –dijo ella, suspirando con esperanza.

Él tomó sus manos y las colocó sobre su pecho. Lissa pudo sentir el fuerte latido de su corazón.

–Mi corazón, Lissa… mi corazón es tuyo. Y en eso es en lo que debía haber confiado. No en lo que sabía, sino en lo que sentía.

Las lágrimas le estaban cayendo a ella por las mejillas, llevándose consigo muchas cosas… mucho dolor y resentimiento. Xavier las besó con delicadeza. Entonces posó su boca sobre la de ella de nuevo, entregándole su corazón con aquel beso.

–*Ah, mignonne*, ¡cuánto te amo! –dijo, abrazándola.

La mantuvo entre sus brazos durante largo rato, haciéndola sentir apreciada y segura. Como lo haría para siempre.

Las emociones se apoderaron de él. Despacio, la ayudó a sentarse en un banco de piedra que había allí, donde se quedaron abrazados durante interminables momentos, disfrutando de estar abrazados y mirando las preciosas vistas que tenían delante.

–Traté de odiarte, Xavier… por lo que me dijiste, por lo que me hiciste… pero solo era una tapadera para lo que realmente sentía por ti. Me dolió tanto saber que todo lo que yo había pensado que había entre nosotros había sido una mentira… que tú lo habías planeado todo, que todo era falso. Que todo lo que habías dicho y hecho, aparte de aquel último intercambio de palabras, era falso –dijo ella, que en ese momento respiró profundamente–. Porque para mí… para mí habían sido los días más maravillosos de mi vida. No pensé que podía durar… nunca soñé con que tú podrías amarme. Solo sabía que había aprovechado esos días contigo mientras

Lila estaba en América, y que si la operación no hubiera funcionado, si Armand no hubiera sentido por ella lo que yo tanto deseaba que sintiera, por lo que tanto recé, yo tendría que haber vuelto con mi hermana, para cuidarla. No podía abandonarla para perseguir mi propia felicidad. No me atreví a amarte...

Lissa tomó la mano de él, que todavía tenía entre las suyas, y se la llevó a la boca.

—Pero Lila ha logrado su milagro... y su milagro no es solo haber escapado de la prisión que suponía para ella su silla de ruedas... también es Armand. Como para mí... —le tembló la voz— como para mí lo eres tú.

Le besó la mano antes de acercarse a besarle la boca.

El amor emanaba de sus labios.

De su mirada.

Y una felicidad que no había podido creer llegase a sentir le embargaba el corazón... y el alma.

Xavier le acarició una mejilla y sonrió.

—Me casaría contigo ahora mismo. Te amo tanto, *mignonne*. Pero dejemos que tu hermana y mi hermano celebren este día como merecen... no les quitaremos protagonismo. Bailaremos en su boda y ellos —sonrió de nuevo— bailarán en la nuestra. Pero no puedo esperar hasta entonces, *mon amour*, para hacerte mía de nuevo.

Entonces asintió con la cabeza hacia la parte baja de los jardines.

—Mi padrastro tiene una lancha en el embarcadero privado de la villa, justo ahí abajo. No tenemos que guardar las apariencias con mi familia hasta dentro de unas horas. Así que estaba pensando...

Lissa lo miró.

—Es una lancha a motor muy rápida —dijo Xavier—. Podremos regresar a tiempo para la fiesta de esta noche.

—A tiempo… ¿desde dónde?

Pero ella lo sabía, lo sabía perfectamente. Y estaba deseando ir.

—Desde el lugar en el cual encontramos la felicidad —contestó él—. Y donde celebraremos nuestra luna de miel —frunció el ceño momentáneamente—. ¿Te conformas con un destino tan poco éxotico? ¿Mi villa en la Île Ste Marie? ¿O quieres ir a algún otro sitio?

Lissa negó con la cabeza.

—Yo solo te quiero a ti —dijo—. Donde quiera que estés en el mundo.

—Y yo te quiero a ti. Para toda la vida.

Xavier le dio un beso en la boca para sellar su promesa y entonces, con una prisa mutua, bajaron hacia el mar… hacia su vida en común, hacia el amor que iban a compartir...

Bianca

Su ardiente aventura tuvo consecuencias inesperadas...

Destiny Richards sabía que estaba jugando con fuego al aceptar el trabajo que le ofrecía el carismático jeque Al Asmari, pero le pareció una buena oportunidad para comenzar una vida nueva. ¡Hasta que la química que surgió entre ellos se hizo insoportable y Destiny acabó pasando una noche inimaginable con el jeque! Cuando el poderoso Zafir sedujo a Destiny, no imaginó que ella se convertiría en su última amante... En menos de nueve meses, ¡Zafir tuvo que convencer a Destiny para llegar a un acuerdo más permanente!

LA ÚLTIMA AMANTE DEL JEQUE
RACHAEL THOMAS

Conquistando al jefe
Joss Wood

Cuando el productor de cine Ryan Jackson besó a una hermosa desconocida para protegerla de un lascivo inversor, no sabía que era su nueva empleada ni que se trataba de la hermana pequeña de su mejor amigo. La única forma de llevar a cabo su nueva producción era fingir una apasionada relación sentimental con la única mujer que estaba fuera de su alcance. Entonces, ¿por qué pensaba más en seducir a Jaci Brookes-Lyon que en salvar la película?

Un inesperado beso levantó una llama de pasión

¡YA EN TU PUNTO DE VENTA!

Bianca

¡Nueve meses para reivindicar lo que era suyo

Para Cassandra Rich trabajar de jardinera en la Toscana era la mejor manera de escapar de su pasado. Hasta que el dueño de la finca honró a la casa con su presencia y a Cassandra con su atención. Marco di Fivizzano no podía apartar la mirada de la deliciosa Cass. Y, cuando la invitó a ser su pareja en una gala benéfica, descubrió quién era aquella rubia ardiente, tanto durante la cena, como después en la cama.

Cass floreció entre los brazos de Marco y encontró en ellos la libertad que siempre había ansiado… hasta que descubrió que estaba embarazada y atada al multimillonario para siempre.

ATADA A ÉL
SUSAN STEPHENS